彼女が先輩にN《ね》T《と》R《ら》れたので、
先輩の彼女をN《ね》T《と》R《り》ます
4

SERVICE

発
と

輝く太陽、抜けるような青空と
爽やかなマリンブルーの海、
そして白い砂浜。
天国のような光景が広がっていた！

彼女が先輩にNTR《ねとら》れたので、先輩の彼女をNTR《ねとり》ます4

震電みひろ

角川スニーカー文庫

23646

CONTENTS

口絵・本文イラスト／加川壱互　口絵・本文デザイン／栗原高明（LUCK'A Inc.）

一　優、クラス仲間と飲み会で

「俺は、この夏で絶対に童貞を捨てる！」

背の高いメガネを掛けた男がそう言いながら、ジョッキをテーブルに叩《たた》きつけた。

「俺もだ。いまバイト先の子とスッゲーいい感じになってんだ。この夏で決める」

細目の男も、自分に言い聞かすように宣言した。

俺はというと……そんな二人を見ながらジンジャーエールをちびちび舐《な》める。

横では石田《いしだ》が夏の同人誌イベントを検索していた。


ここは大学の近くの居酒屋だ。

その日最後の授業が終わった時、「たまには一緒に飲もうぜ」と誘われた。

背の高いメガネを掛けた男が西浜《にしはま》、一般教養科目はけっこういい成績らしい。

細目の男が山内《やまうち》、製図や実習系の授業に詳しい。フィギュア集めが趣味という事もあって、石田とはかなり話が合う。

俺はプログラムや情報処理の科目が、石田は専門科目が得意だ。

そんな訳で俺たちは試験が近くなると、こうして集まってお互い助け合っている。

と言っても会話の半分以上は、授業への不満と女の話だが。

今日も最初は試験に出る範囲について話していたが、一時間後には「この夏を（女の子と）どう過ごすか」という話題になっていた。

「もうさぁ、地元で高校の仲間がけっこう経験済なんだよな」

西浜がそうボヤく。

それに山内が続いた。

「高校ならまだしも、中学の連中なんかけっこうな数が彼女いるんだよ。ヤンキー連中なんてほぼほぼ女がいるもんな。同棲《どうせい》しているヤツまでいる」

「別にさぁ、焦っている訳じゃないけど『なんでコイツが？』ってヤツに彼女が居るのを見ると、やっぱりちょっと気になるじゃん」

（いやオマエ、絶対焦っているだろ）

俺は心の中で、そうツッコミを入れた。

「二十歳になっても未経験って、やっぱりアレだもんな」

そう言った山内を西浜が睨《にら》む。

「オマエ、いま俺にケンカ売った？　自分がまだギリ十代だからって」

「さりげなく言ったつもりだけどわかった？」

「マジにムカついた。ここは山内の奢《おご》りな」

「人間小《ち》っさ。そういうセコイ所が女が出来ない原因じゃねーの？」

「俺は去年まで彼女いたんだよ。ずっといなかった山内に言われたくねーな」

「でも未経験なんだろ？　俺と大差ねーじゃん」

俺はそんな二人に苦笑しながら、目の前の焼き鳥に手を伸ばす。

今ここにいる四人の内、石田と西浜が二十歳、俺と山内が十九歳だ。

(そう言えば試験が終われば、燈子《とうこ》先輩の誕生日だよな)

……私は八月三日。ちょうど夏休みの真っ最中なんだ。だから子供の頃とか友達に祝ってもらった経験がないの……

……それなら次の誕生日は俺がお祝いしますよ……

……うん、楽しみにしてるね……

二月に燈子先輩と『二人だけのやり直しのクリスマス』をした時の約束だ。

燈子先輩、覚えてくれているだろうか？

「一色《いっしき》、なにボ～っとしてるんだ？」

その西浜の言葉で、俺の回想は遮断された。

二人が俺の顔をジッと見ている。

「別に。なんでもないよ」

だが二人は俺に食いついて来た。

「別にって事はないだろ。城都大一のラッキー男が！」

「そうだよ。ミス・ミューズで見事ナンバーワンに輝いた桜島《さくらじま》燈子のおそばに居て、ナンバーツーの蜜本《みつもと》カレンの元カレだった男が！」

「羨まし過ぎるぞ！　どうやったらそんな可愛《かわい》い女の子と次々に仲良くなれるのか、その秘訣《ひけつ》を教えろ！」

二人は身を乗り出してくる。

「そんな秘訣があったら、俺の方が教えて貰《もら》いたいよ」

タメ息交じりにそう返事をすると、横にいた石田が笑いを抑えた感じで俺を見る。

石田は俺と燈子先輩との間が、全くと言っていいほど進展していない事を知っている。

「コイツ、自分だけがイイ思いをしようとしているな！」

「畜生、俺と一色の何が違うんだよぉぉぉ！」

それまで黙っていた石田が口を開いた。

「優《ゆう》は高校時代からけっこうモテていたぞ。その差じゃねぇか？」

「え、それマジ？」

思わず俺自身が、そう反応してしまった。

自分ではモテていた記憶はないんだが。

実際、中学や高校時代に女にモテていたのは、もっと派手で目立つ奴《やつ》だったと思う。

例を挙げると鴨倉《かもくら》みたいな……。

「確かに最初から人気が出るタイプじゃないよな、優は」

石田がウーロンハイを手にした。

「でも夏休み前くらいからジワジワ人気が上がって来て、秋くらいにはクラスの女子からの人気がかなり高くなっているんだよ。一番人気でないにしても、優しさとソフトさで女子にとっていいポジションにいるんだろうな、きっと」

「でも俺、女の子に一度も告白とかされた事なかったぞ」

「そりゃクラスの雰囲気も固まって来た頃に、改まって告白とか中々できないだろ。告白って成功しても失敗しても、それまでの人間関係を一度は壊す事だからな」

すると山内が疑問そうな顔をする。

「でもそれって、一色はずっと『友達以上、恋人未満』の立場で止まっているって事じゃねぇか？」

「それは言えるな」

石田があっさりと認める。そのまま関心がないようにまたスマホの操作に戻った。

いや、そこは少し否定して欲しい所だ。

「ところで一色、実際の所、おまえは桜島燈子と付き合っているの？」

西浜が直球で聞いて来た。コイツはけっこう遠慮がない。

「付き合っている訳じゃないよ」

俺の言葉に力がない。

「ミス・ミューズでは応援演説までやったのに？　そもそも去年のクリスマス・イブには、二人でホテルに行ったって噂《うわさ》じゃねーか」

去年の秋、俺は当時付き合っていた蜜本カレンが浮気している事を知った。

その相手は同じサークルの先輩である鴨倉哲也《てつや》。

その鴨倉が当時付き合っていた恋人が、燈子先輩だ。

俺は燈子先輩に「仕返しとして俺と浮気して欲しい」と言った。

だがその時、彼女は「そんな事じゃなく、相手がトラウマになるくらいの復讐《ふくしゅう》をすべき」と持ち掛けてきた。

こうして俺と燈子先輩は綿密な復讐計画を立て、去年のクリスマス・イブには、カレンと鴨倉の浮気をサークル全員の前で暴露したのだ。

さらには呆然《ぼうぜん》とする鴨倉を尻目に、俺と燈子先輩はその場から二人でホテルに向かった。

とは言うものの『ホテルに行った』だけで、俺と燈子先輩の間に何かがあった訳じゃないのだが。

その後も色々な事があったが、俺たちの仲は進展したとは言えない。

春には大学ミスコンであるミス・ミューズでも、俺たちは一緒に戦った。

二人で協力して、燈子先輩を陥れようと企《たくら》んでいた、前キャンパス・クイーンの竜胆朱音《りんどうあかね》を打ち負かした。

俺と燈子先輩の関係も、さすがにただの先輩後輩の間柄ではないと思う。

しかしだからと言って、恋人とかそんな決定的な関係にはたどり着いていない。

「俺もこの前、学食で一色と桜島燈子が一緒にいる所を見たけど、壁があるっていうか、雰囲気が固いっていうか。少なくとも付き合っている男女の話し方じゃなかったよな」

ズキッ、山内のヤツ、痛い所を突いてきやがって。

「そうだとしても羨ましいよ。桜島燈子、マジでルックスはアイドルか女優クラスだもんな。それも知的で清楚《せいそ》な感じで」

「プラス、スタイルはグラビアモデル並だもんな。あんな美人とお近づきになれるなんて、一色は前世でどんな徳を積んだんだ？」

西浜と山内が好き勝手に燈子先輩について語るのを、俺は上の空で聞いていた。

……今のままじゃ、燈子先輩の近くにいるってだけで、俺も他の連中と変わらないのかもな。

そんな俺に、石田がスマホの合間にチラリと視線を向けていた。

「さっきは山内たちに突っ込まれていたな」

帰りの電車の中、石田が唐突にそう言った。

「聞いていたのかよ。知らんぷりしやがって。だったらフォローに入ってくれれば良かったのに」

「あそこで俺が口を挟んだら、二人はもっと優と燈子先輩の事でイジって来ただろ？」

なるほど、石田が黙っていたのは、あれ以上話を盛り上がらせないためか。

「そうかもな。西浜も山内も割とシツコイ性格だからな」

俺が疲れたように言うと、石田がこっちを見た。

「だけど優と燈子先輩の今の状況っていうのも、さすがにあり得ないんじゃないか？」

「あり得ないってどういう意味だよ」

「だってそうだろ。二人で浮気相手にリベンジを成功させました。その夜には一緒にホテルにも行きました。スキー合宿ではいい雰囲気でした。ミス・ミューズでも二人で協力して優勝する事が出来ました」

石田が指を折って数える。

「ここまで恋愛フラグを立てるイベントがあって、まだ二人は付き合うどころかキスもしていませんって、あり得ない以外の何なんだよ。エロゲーだったら三回はヤッてる所だ」

「エロゲーと現実を一緒にするな！」

俺は大きくタメ息をついた。

「そりゃ俺だって燈子先輩との仲を深めたいと思っているよ。でも俺が近づこうとすると、燈子先輩は微妙に距離を取る感じがするんだ。それを強引に詰めると、今の関係さえ壊れてしまうんじゃないかと思って……」

「優の気持ちはわからんでもないが……でもそう言い続けてもう半年以上だぞ」

「……」

「俺が心配しているのはな、このままズルズルと『憧れの先輩と何でも話せる後輩』のまま、終わっちまうんじゃないかって事だよ」

心に鉄球を喰《く》らったような気がした。

実は内心、俺もそれを恐れていたのだ。

「やっぱり男と女が付き合うって、タイミングがあると思うんだ。それを逃しちまうと、ただの何でも話せるお友達で終わっちまうぞ」

「ただの何でも話せるお友達……か」

「今のままなら、そうなる可能性も高いって事だよ。優が目指すのは、二人ともアラサーになった時の飲み友達とかじゃないだろ？」

確かに石田の言う通りだ。

俺が目指すのは、燈子先輩の異性の親友ポジションじゃない。

燈子先輩の彼氏になりたいのだ。彼女を俺だけのモノにしたいのだ。

「この夏が一つのターニング・ポイントじゃないか？」

俺は石田のその言葉に答えず、黙っていた。

だが心の中では強く同意していた。

そうだ。いつまでもダラダラと、こんな関係を続けていても意味はない。

確かに燈子先輩との今の関係を失うのは怖いが、それでも現在の位置に立ち続けている事が俺の望みではない。

「実は……それで思っている事があるんだ」

「なんだ、思っている事って？」

俺は少し躊躇《ためら》った後、口にする事にした。

「今年の二月に、燈子先輩と二人で『やり直しのクリスマス』をした時、『お互い次の誕生日は一緒に祝おう』って約束したんだ」

「ほぉ、それで？」

石田が興味津々の目で聞いて来る。

「出来ればその時に、俺の気持ちを打ち明けようかな、って思っている」

「おお、ついに！」

石田が大げさにのけ反って見せた。

だがその反応を見て、俺は慌てて言った。

「いや、まだ絶対に言うって決めている訳じゃないんだ。ただ燈子先輩の様子とか雰囲気とか見て、出来れば言おうかなって……」

語尾が弱くなる。

「いいんじゃないか。今の優と燈子先輩の関係を考えれば、十分に勝算はあるだろ」

「だからまだ『告白する』って決めている訳じゃないんだ。その後にはサークルの合宿とかもあるから、そこで変な雰囲気になったら嫌だし……」

こうして予《あらかじ》め予防線を張ってしまう性格。

自分でも嫌になる。

「なんだよ、弱気だな。まぁそんなに急には変われないだろうけど。でも『この夏には絶対に決める』って、その覚悟は持っていた方がいいぞ」

石田の言う通りだ。

いつまでもこんなズルズルした関係は嫌だ。

この夏、この夏こそ……。

俺は自分にそう言い聞かせていた。

一・五　【燈子サイド】女子会で

「今日は潰れるまで飲むわよ～！」

美奈《みな》が元気よく掛け声を上げた。

目の前には、ドーナツにチョコやクッキーに交じって、チーズ鱈《たら》やカルパス、柿の種、アタリメが並んでいる。

おつまみがカオスな気がするけど、一美《かずみ》・美奈の辛党組と私・まなみの甘党組の女子会だから仕方がないかな。

「燈子《とうこ》は一杯目はビール？　それとも缶チューハイ？」

チャンポンで飲むのもちょっとなぁ。

ここは一缶をゆっくり飲む方がいいか。

「ぶどうサワーがあったよね？」

「うん、あるよ」

「じゃあそれで」

美奈がコンビニの袋からぶどうサワーの缶を取り出して、私に差し出す。

今日はサークルの三年女子でパジャマ・パーティだ。

「試験が終わったら夏休みじゃん。その前に夜通しみんなでおしゃべりしようよ。場所は私の部屋を提供するからさ」

美奈の発案でこの企画が決まった。

と言っても集まったのはいつもの四人、美奈・まなみ・一美、そして私だ。

みんな可愛《かわい》いパジャマで集まるのかな、と思ったけど一美と美奈は思った以上に普段着だった。美奈は普段使いのクタクタになった薄手のスウェット、一美に至ってはTシャツに短パンというメンズルックだ。

それなりに可愛いパジャマを着ているのは、私とまなみだけだった。

ちょっと恥ずかしい。

「今日ってパジャマ・パーティって言ってなかった？　一美と美奈のそれってパジャマなの？」

美奈は「へ？」という顔、一美は「ん？」という顔で私を見る。

「私のコレは高校時代のスウェットだよ。これが楽でさぁ、家ではいつもコレにしてる」

美奈は「びろ～ん」と、クタクタのスウェット上の裾を引っ張る。

おへそからブラまで丸見えだ。

「アタシも普通にどっかで買ったTシャツかな。あ、下はメンズ物のトランクス。夏は蒸れなくてこれが一番いいんだよね」

高校時代のスウェットにメンズ物のトランクス……。

その女子力の無さに、私は何か言う気力も無くなった。

もっとも一美に言わせれば「燈子の女子力は偏差値四十」との事だが。

そこに美奈が逆にツッコんで来た。

「燈子とまなみはさぁ、けっこう気合い入れたパジャマだけど、それって夏合宿用？」

え、夏合宿用？

私が一瞬疑問に包まれると、まなみが「エへへ」と笑った。

「まぁそれもあるかもね。この夏でオトコGETしとかないと、この先は難しいかなって」

「そうだよね～。三年も後半になったら、本格的に就活も始めないとならないしね」

「でしょ～。この夏のサークルとゼミの合宿が、学生時代最後のチャンスかもしれないし」

そんな二人の会話を聞いていた一美が苦笑した。

「別にこれがラストチャンスって訳じゃないだろう」

それにまなみが素早く反論する。

「そんな悠長な事は言ってられないよ。四年生の夏までに就活が決まるかわからないじゃない。社会人になったら、忙しくて恋人を見つけるヒマもないかもしれないし」

「そうか？　同期の男とカップルになるって手もあるんじゃないか？」

「それがそんなに甘くないって。同期は所詮ライバルじゃん。それに社内恋愛って何度も使えるカードじゃないしね」

そう言ったまなみに美奈も賛同する。

「私の親戚のお姉ちゃんも同じ事を言っていたよ。『早めに結婚したいんなら、学生の内に相手を見つける事が重要』だってね」

「そうそう、私は出来れば二十五くらいで、遅くても二十九までには結婚したいから」

……結婚か……

私はまなみの言葉を聞いて、ボンヤリそう思った。

実は私は結婚願望が強い方だと思う。ウェディング・ドレスにも憧れがある。

他人に話すと「え〜、燈子って絶対『結婚に興味がないタイプ』だと思っていた」って言われるから、あんまり口にはしないけど……。

「一美は就職はどうするの？」

美奈が一美に話を振る。美奈と一美は同じ経済学部だ。

「アタシは父親の事務所に入るかな。父親が公認会計士だから。まずは税理士資格を取りたいね。学生の内に簿記論と財務諸表論の科目だけは合格しておきたいと思ってる」

「いいなぁ、既に決まっている人は。私は普通に就職かな。出来れば商社に行きたいんだけど、倍率高いからね」

そこで美奈は私を見た。

「燈子はどうするの？」

「え、私？　う～ん、とりあえずはマスターに行くつもりだけど……」

まなみがクッキーに手を伸ばしながら口を開いた。

「ミス・ミューズの演説で『世界で活躍できる人間になりたい。エネルギー関連の仕事に就きたい』って言っていたよね。それだと大学院に行った後は外資系企業？」

大学院……いま私が悩んでいる事の一つだ。

そしてまなみの質問に、私より先に答えたのは一美だった。

「燈子は大学院留学したいって、前は言っていたけど？」

「え、燈子、留学するの？」

美奈が驚いたように言う。

「まだ決めている訳じゃないけど……」

「大学院留学してその後は外資系企業か～。やっぱり燈子は、結婚とは程遠そうだね」

そう言ったまなみを私は軽く睨《にら》んだ。

「ちょっと、勝手に決めつけないでよ」

美奈が「ん～」と少し考えるような顔をする。

「燈子ってさ、一色《いっしき》君とはどうするの？」

ドキン、と心臓が高鳴る気がした。

そう、私が悩んでいるもう一つの原因が彼の事だ。

「燈子と一色君の関係ってさ、すごく雰囲気はあるんだけど、その後が進展している感じがしないいんだよね」

美奈がそう言うと、まなみも身を乗り出した。

「私もそう思ってた！　一色君が燈子に気があるのは間違いないけど、でもどこか押しが弱い気がするし。燈子は燈子で、一色君と距離を取る訳じゃないけど、でも一線を引いている感じがあるし」

一美が無言で私を見た。でも何かを言う気配はない。

「クリパの夜にしても、本当に二人は関係したのかなって。それも疑問って感じなのよね～」

「そうそう、燈子って何気に処女臭い感じがするし」

「Hの話になると、過剰にそれを避けるよね。高校時代の真面目系女子と話しているみたい」

「女子大生の反応じゃないよね」

私はムッとしながらも、なぜか焦る。

「そんなの、人にベラベラ言う事じゃないから！」

すると今度は美奈が茶化《ちゃか》すように言った。

「燈子にソノ気がないならさぁ～、私が一色君にアタックしようかな？」

「えっ？」

「新入生の時から、けっこう気になっていたんだよね」

それにまなみが乗っかって来た。

「そうだよね。顔は可愛くて整っているし、性格も優しくて人当たりもいいし」

「彼氏にするなら、ちょうどいいタイプだよね」

「結婚相手にもいいかもよ。何でも言う事を聞いてくれそうだし、料理も出来るし。私も狙ってみようかなぁ」

「な、なに言ってるのよ！」

私は思わず声を張り上げていた。

「そんな軽いノリで！　まるで一色君をモノみたいに！」

「アハハ、珍しく燈子が焦っているよ！」

美奈がそう言って笑う。

どうやら私は揶揄《からか》われたようだ。

「でも私が狙わなくても、他の娘《こ》はどうかわからないよ。現に今年サークルに入って来た女子大の子が、一色君を気に入っているみたいだし」

「そうだよね。今までの事を知らない子や女子大の子は、遠慮なくアタックしてくる可能性が高いからね」

美奈とまなみにそう言われて、私は心がざわついた。

確かに、一色君は元々女子の人気が高かった。

二人が言うように、彼は可愛い系のイケメンだし、性格も優しくて強引な所がない。

一緒にいて居心地がいい男子なのだ。

そして何よりも……私が彼に『そういう男子』になるように仕向けたのだ。

「でもさぁ、サークルではアタシら三年女子はもうお局《つぼね》扱いでしょ。男たちの目はフレッシュな新入生に行っちゃってるもんね」

美奈が呆《あき》れが半分、悔しさが半分の調子でそう言う。

「カレンほどじゃないけど、今年もそれなりに上手《うま》い子がいるもんね」

まなみが妙に納得したように頷《うなず》きながら、缶ビールに口をつける。

「燈子もあんまりジラしていると、一色君を誰かに持って行かれちゃうかもよ」

「私、別にジラしてなんか……」

「男って結局は、手軽にヤレそうな女になびいちゃうもんね」

（い、一色君はそんな事はしない……）

その反論は私の心の中だけに止めておいた。

ここで言い返しても、さらに二人に酒の肴《さかな》にされそうだからだ。

チャンポンで飲んだ上、ピッチが早かったせいか、美奈とまなみは日付が変わる前には床に横になっていた。

最後に残っていたのは、私と一美の二人だけだ。

「さっきの話だけどさ……」

一美がチーズ鱈《たら》を口に運びながら話し始めた。

「アタシは燈子の意志は尊重するけど、それでも今の燈子と一色君の関係はどうなの、って思うな」

「私と一色君の関係？」

まだ最初の一本目のぶどうサワーを手にしたまま、私はそう聞き返した。

一美はチーズ鱈を口に咥《くわ》えたまま、少し考えるような表情をする。

「一色君ってさ、まなみが言うように押しが弱い気はするけど、でも燈子のために頑張っていると思うんだよね。その押しの弱さも、燈子の気持ちを考えればこそだと思うよ」

確かに、それは私も感じている。

彼があまり強引に迫って来ないのは、私の気持ちを尊重してくれているからだろう。

(でもちょっと弱すぎる気もするんだよな……)

哲也《てつや》みたいにガッつかれても困るけど、本当に私が好きなら、もっと強く引っ張ってくれるぐらいの気概を、見せてくれてもいいと思うんだけど。

「燈子自身はさ、一色君の事をどう思っているの？」

「どうってどういう意味よ」

「この場合は一つでしょうが。『一色君の事を好きなのかどうか』って意味。もちろん異性としてだよ。『友達として』とか『後輩として』なんて答えは要らないからね」

私はしばらく答えを躊躇《ためら》った。

もちろん『好きか嫌いか』で言えば、答えは決まっている。

だけど私の中で、それを認めたくない何かがあった。

プライドとかそんなものではない。

ハッキリさせる事が……怖い気がするのだ。

過去の恋愛体験が、私を臆病にさせているのか？

「そ、そういうのってさ、人に強制されて言わされる事じゃないと思う。もっと自然にっていうか、自分の中で気持ちが高まっていって……そもそも相手の気持ちだってあるし……」

「ふ〜ん、そっか。まぁ今の燈子の言い方で大体はわかったよ」

一美は口だけを動かして、手を使わずにチーズ鱈を飲み込んだ。

「ちょっと待ってよ。勝手にわかったつもりにならないで！」

「アタシと燈子は長い付き合いじゃん。それくらいわかるっての」

さらに一美の言葉が続く。

「だけどさ、今の燈子は、一色君を都合のいいポジションに押《お》し留《とど》めている気がするよ。悪く言えばキープしてるって感じ？」

「そんな、私はキープなんて思ってないよ！」

一美のその言葉は受け入れられない。

私は強く否定した。

「アタシだって、燈子が意図してそんな事をする人間じゃないってわかっている。でもさ、他人から見たら、そう受け取られても仕方がないんじゃない？」

「そんな風に見る人の方がおかしいよ！」

「じゃあ聞くけど、燈子はこの先、一色君と必ず付き合ってあげるの？　どんな事があっても、この先でどんな人と出会っても？」

「えっ⁉」

「一色君が燈子に本気で惚《ほ》れているのは間違いないじゃん。それでも彼は燈子の気持ちを大事にして、自分を受け入れてくれるのを待っている。それに燈子は必ず応えてあげるのかって聞いている」

「それは……ずっと彼が私を好きでいてくれたなら……」

「本当に？　この先の未来ではどんな人と出会うかもわからないのに？　燈子と相性がピッタリの人が現れても？　それでも一色君と付き合うって断言できるの？」

「そこまで彼が待っていてくれて、他の人と付き合うなんて私は出来ないよ」

「じゃあその時は妥協して一色君と付き合うって訳ね？　それはそれで彼に失礼だと思うけど。でもそれなら今から付き合っても問題ないんじゃない？」

私は思わず下を向いていた。

一美の言う事も一理ある。

必ず一色君と付き合うって気持ちなら、なぜ今すぐに彼と付き合わないのか？

でも……。

「そんな理屈だけで誰かと交際なんて出来ないでしょ。タイミングだってあるだろうし」

「タイミングがあるっていうのはアタシもわかるよ。もっともそのタイミングも、今までに何回かあったと思うけどね」

そう、タイミングは何度かあったはずだ。

だがその中でも、彼は私に告白してこなかった。

「一色君だって、まだ私に告白するほどじゃないのかもしれないし……」

「それは燈子が巧妙に、相手に言わせないようにしていた、ってのもあるんじゃない？」

そう言った一美を私は睨《にら》んだ。

今日の彼女はやけに絡んでくる。恋愛関連で一美がこんな事を言うのは珍しい。

それに……あんまり言われると、次に彼と会った時に意識しちゃいそう。

「どうして今日に限って、一美はそんな風に言うの？」

一美は既に三本目になる缶チューハイに手を伸ばした。

「正直、一色君が可哀《かわい》そうに思えるんだよ。それに燈子が何に拘《こだわ》っているのかが気になる」

「私が拘っているって？」

一美がプルタブを引いて、缶チューハイの飲み口を開ける。

「前はヤケになって、それで一度失敗した……そう考えているのかなって」

私は下唇を噛《か》んだ。

自分でも思い出したくない過去だ。

「まだアノ男の事が忘れられないのか？」

一美のその言葉に、私の心の中で重石《おもし》となっていた記憶がグラリと揺り起こされた。

二　沖縄旅行計画

二時限目の授業が終わり共通科目校舎を出た所で、バッタリと燈子《とうこ》先輩と出くわした。

「あ、燈子先輩もここで授業だったんですか？」

「あら一色《いっしき》君。うん、今日だけね。先生の都合で急遽《きゅうきょ》教室が変わったの」

今日はたまたま偶然か。でもこれはラッキーだ。

燈子先輩と一緒に食事に行けるかもしれない。

「これから昼食ですよね？　良かったら一緒に食べませんか？」

「そうだね、久しぶりだしね」

快く応じてくれる。それだけで俺のテンションは上がった。

「どうせなら大学の外にでも行きますか？」

せっかく二人での食事だ。少しでもいい雰囲気で過ごしたい。

「でも三時限目があるでしょ。それまでには戻ってこないとならないから、そんなにゆっくりは出来ないよ。お昼時は外のお店も混んでいるし。学食でいいんじゃない？」

う～ん、ちょっとガッカリ。でも仕方がないか。

授業は休めないし、燈子先輩の方は出欠チェックが厳しい先生かもしれない。

それにたとえ今日時間があったとしても、いきなり「付き合って下さい」なんて言える訳じゃない。この前、石田《いしだ》やみんなに言われた事もあって、気が急《せ》いているのかな。

焦らない、焦らない。慎重に……。

俺たちはキャンパスの外れにある十一号館の学食に向かった。

「燈子先輩は、夏休みはどうする予定ですか？」

この前の飲み会での話題じゃないが、出来ればこの夏休みで、燈子先輩との仲を今より深めたい。石田の言う通り、このままズルズル行ったら『ただの仲のいい先輩と後輩』で終わってしまいそうだ。

流し読みしたネットの記事だが、女性から「○○君は友達だから」というセリフが出てきたら『時すでに遅し』らしい。そうなる前に決着をつけなければならない。

『幸運の女神は前髪しかない』って言うしな。

通り過ぎた後で気が付いても、捕まえられない。

そのためにも燈子先輩の夏休みの予定を知っておきたかった。

「予定としてはサークルの合宿と、その後に妹とおばあちゃんの家に行くくらいかな。後は家庭教師のバイトが八月後半に割と多めに入っているけど」

あんまり予定は詰まってなさそうだ。それなら……。

「あの、もし良かったら、どこかに遊びに行きませんか？」

「そうだね。三年の夏がみんなで遊べる、最後のチャンスかもしれないもんね」

「いや、その、俺と、燈子先輩だけで……」

「えっ？」

燈子先輩は驚いたように俺を見た。

この反応……嫌なのかな？

「他の人も誘った方がいいですか……？」

俺は弱気になってしまった。

「ううん、別にそういう訳じゃないんだけど……」

燈子先輩も何かが気になるような感じだ。

「去年の秋に、一緒に南房総《みなみぼうそう》を回ったじゃないですか。またあんな風に二人でどこかに行けたらなって……」

あの時、俺は燈子先輩から「可愛《かわい》い女の子を知りたい」と言われ、その答えとして一日だけ模擬デートに付き合って貰《もら》った。それが凄《すご》く楽しかった。

そして燈子先輩も同じように楽しんでくれたと思う。

俺と燈子先輩の心の距離が、初めて縮まったと感じた日だ。

……あの時と同じように、また二人の距離を縮められたら……

「うん、そうだね。あの時は楽しかったもんね……」

これは、ＯＫの返事って事だよな？

それと以前約束した『二人だけの誕生日』。

この件も早めに予定を決めないと……。

「それで燈子先輩、前に約束した……」

「あ～っ、燈子！」

俺の声を打ち消すようにその声が響く。

俺が振り返るまでもなく、その相手は飛び込んで来た。

「燈子ぉ～、お願い！　先週の課題のプログラム、コピーさせて！」

「久美《くみ》、いきなりどうしたの？」

その名前には聞き覚えがあった。燈子先輩と同じクラスの女子で、以前に燈子先輩がチャラ男に絡まれている時に助けてくれた人だ。

もっともその時は、俺まで一緒に排除されそうになったが。

「今日の午後イチの授業、課題だったプログラムがないと出来ないでしょ？」

「うん」

「それを午前の授業中にやっていたら、間違えてファイルを消しちゃったんだよ」

「ええ～」

「だから悪いけど、燈子が作ったプログラムを使わせて欲しいの。お願い！」

彼女は両手を合わせて頼み込んだ。

「仕方ないわね。それじゃあ今から教室の方に行かないとならないわね」

「助かるぅ〜。昼ご飯はワタシが奢《おご》るからさ。ケバブでもいい？」

ウチの大学にはキッチンカーが何台か入っており、テイクアウトできるお弁当を提供してくれる。ドネル・ケバブはその中の一つで人気のあるランチだ。

燈子先輩が俺の方を振り返った。

「そういう訳で一色君、今日のお昼は一緒に食べられなくなったわ。ごめんなさい」

「いいんですよ。会えたのは偶然ですし、仕方がない事ですから。それじゃあ、また今度」

俺はすまなそうな顔をする燈子先輩に、そう言ってその場を離れた。

一人になってから小さくタメ息をつく。

やっぱり恋って、思ったようにはいかないものなんだな。


それからわずか二日後、四時限目の授業が終わった時の事だ。

再来週には試験期間に入る。

（過去問のコピーを集めて、少し図書館で勉強していくか）

そう思いながら教室を出た。

「お〜、いたいた。一色君！」

突然そう声を掛けられて振り返ると、一美《かずみ》さんが手を振りながら近づいて来る。

「珍しいですね。一美さんが理工学部の校舎に来るなんて」

経済学部は別の棟だ。そして一美さんは三年生のため一般教養の授業もないので、最近はサークル以外ではあまり顔を合わせる事もなかった。

「もちろん君を探していたんだよ」

「俺を、ですか？」

わざわざ一美さんが俺を探すなんて、何があったんだろう。

試験前に情報処理に関する課題でも出たんだろうか？

「一色君はさ、夏休みの予定はどうなっている？」

「一応バイトをいくつか入れてますけど、後は別に……」

ん〜、サークルの合宿の話だろうか？

「試験が終わった後、八月五日から十日くらいとかどうしてる？」

「特に予定はないです」

「よし、決まった！」

一美さんは俺の肩をポンと叩《たた》いた。

「アタシらと一緒に沖縄に行こう！」

「沖縄ですか？」

あまりに急な話なので、頭がついていかない。

それにいきなり旅行とか言われても、先立つものも考えねばならない。

「行きたいですけど……でもけっこうお金がかかるんじゃないですか？」

俺がそう言うと、一美さんが「問題ない」と言いたげに首を左右に振った。

「その点は大丈夫だよ。アタシの父親が公認会計士事務所をやっているのは知っているだろ？」

「はい」

「そこで顧客の会社の社長がさ、その人はオーナー社長なんだけど、税金対策で会社の保養所名目で沖縄に別荘を買ったんだって。その社長が父親に『いつも世話になっているから自由に使ってくれ』って言ってくれたんだ。それでアタシが下見も兼ねて、この夏に使わせてもらう事になったんだよ。だから宿泊費はかからない。往復の飛行機代と自分の小遣いだけあればいい」

なるほど、そういう事か。それならあまり心配する事もないかもしれない。

「わかりました。ところで一緒に行くメンバーは誰ですか？」

こう言ったものの俺は、一美さんが誘うんだからいつものメンバー、燈子先輩・美奈《みな》さん・まなみさんあたりだろうと思っていた。

そのパターンだと俺は『荷物持ち兼ナンパよけ』といった役回りか？

「女子はアタシと燈子。男子は一色君がもう一人テキトーに決めてくれ」

「えッ、美奈さんとまなみさんは誘わないんですか？」

それはちょっと意外だ。

「もちろんみんな誘えるならそれもいいんだが、そんな大きな別荘じゃないんだよ。部屋も寝室は二部屋しかないらしいから。だから四人が限界なんだ」

「いいんですか？　四人しか入れない所に、俺なんかが入っちゃって」

「今回は特別って事で。だから周囲にはあまり言わないで欲しいんだ。美奈やまなみの耳に入るとうるさそうだし。一色君が誘う相手も確実な相手で頼むよ。おそらく石田くんなんだろうけどさ」

図星だった。それにこの面子《メンツ》なら、後は石田しか考えられない。

「了解です。じゃあ石田に言っておきますね」

「詳しくは四人揃《そろ》ってから、もう一度話そう」

そして一美さんは俺の肩に再び手を掛けると、引き寄せるようにして耳元で囁《ささや》いた。

「これは一色君にとってチャンスなんだ。うまくやれよ」

「え？」

俺が問い返す間もなく、一美さんは片手を挙げると颯爽《さっそう》と立ち去って行った。

「ふ～ん、沖縄かぁ」

その夜、俺が電話すると、石田はイマイチ乗り気じゃないようにそう言った。

「なんだよ、あんまり気乗りしてなさそうだな」

「別にそういう訳じゃねーけど、『なんで俺らなんだ』って思ってさ。本来なら美奈さんとまなみさんを誘いそうなもんなのに」

「俺も同じ事を言ったよ。そうしたら一美さんは『今回は特別』って言ってさ」

「特別？　どういう意味だ？」

出来れば言わないで済まそうと思っていたが、仕方ない。

「おそらく俺の事を考えてくれたんじゃないかな。一美さんが最後に『これは俺にとってチャンスなんだ』って言っていたからな」

「そういう事か。優《ゆう》と燈子先輩の関係にジレているのは、俺だけじゃなかったんだな」

そう言って石田は笑った。

「なんだよ、そのジレているっていうのは」

「実際そうだろ？　亀のように臆病な優と、やたらガードが固い燈子先輩。このまま行ったら二人が結ばれるのは還暦過ぎてから、とでも思ったんじゃねーか、一美さんも」

「還暦過ぎてからって、何だよ、ソレ」

思わず俺も苦笑してしまう。

「ともかくわかったよ。俺も参加させて貰う。でも優も今度こそ腹を決めるんだな」

そう言って石田は電話を切った。

「余計な心配しやがって」

俺はスマホに向かってそう呟《つぶや》きつつも、石田と一美さんの配慮に感謝していた。

そうだよな、いつまでもこんな関係ではいられない。

俺の方から壁を壊しに行かないと、二人の関係は進展しない。


その週の土曜日の夕方、俺と石田は一美さんに呼び出された。

場所は地元の喫茶店だ。俺たちが行くと既に一美さんと燈子先輩がいた。

燈子先輩、なぜか俺と目が合うと躊躇《ためら》うように視線を外した。

な、なんだ。俺、何かしたか？

「おし、これで全員揃ったな」

一美さんが沖縄のガイドブックを開いてそう言った。

「別荘があるのは沖縄本島の中部。アタシの父親が資産管理も頼まれているから、今回はその調査も兼ねて、アタシらが使わせてもらうって話だ」

「調査っていうと、何かやらなきゃならない事があるんですか？」

俺には不動産の資産価値を測るような知識はないので不安になる。

「いや、それは大丈夫。壊れている所とか雨漏りとか傷みがないかを見るだけだから。それはアタシがやるし、建物や庭の写真なんかも必要な所はアタシが撮る。それに別荘そのものの管理は、現地で人を雇っているから問題ないはずだ」

「良かったです。俺たちも何かやらされるのかと思いました」

「もしアタシ一人じゃ出来ない事があったら、手伝って貰《もら》うかもしれないけど。それはそんな大事じゃないよ。気楽に沖縄旅行を楽しめばいい」

その程度なら問題ないだろう。

「出発は八月五日から四泊五日。朝八時に成田《なりた》空港を出るLCCがあるから、それで行こうと思う」

そこで石田が声を上げた。

「それなんですけど、俺、八月五日は予定があるんです」

「あれ、この前に俺が話した時は、大丈夫なような事を言っていたじゃん」

「この前まではな。この日に俺の好きなアニメのイベントが入ったんだよ」

「それはいつまでなんだ？」

「八月五日限定。でも朝一から行ってグッズ買って、夕方には終わるんだけど」

う～ん、石田のサブカルに掛ける熱は高いからな。しょうがないか。

「だから俺だけ夕方出発で、夜から合流でいいっすか？」

「いいんじゃないか。じゃあ初日の朝に空港で待ち合わせるのは、アタシと燈子と一色君の三人だな。石田君は夜には合流するって言うけど、夕食は一緒になれるのか？」

「そうっすね。午後四時くらいに羽田《はねだ》を出る飛行機があるんで、七時には那覇《なは》空港に着くみたいですから。晩飯には合流できると思います」

石田がスマホで調べながら、そう答える。

「それなら私たちは、一日目は首里城《しゅりじょう》とその周辺を観光して、夕方くらいから那覇市街地に行けば丁度いいんじゃないかしら。それで石田君も一緒に、那覇の国際通りあたりで食事するとか」

そう言ったのは燈子先輩だ。一美さんが持って来たガイドブックの那覇のページを見ながら提案した。

「そうだな。石田君と落ち合いやすいように、食事をする店だけ決めておこう。あと二日目以降でどこか行きたい所とかはあるか？」

「俺は沖縄は初めてなんで、燈子先輩と一美さんにお任せします。どこを見ても楽しいと思えるんで」

そう言った俺に石田も続く。

「俺も優と一緒で初めてですからね。あ、でもＣＭで出てくる『海の上を通る橋』には行ってみたいかな」

「私は古宇利島《こうりじま》に行ってみたいな。有名なハート形の岩があるっていう海岸に」

そう言った燈子先輩と俺の視線が一瞬合った。

だがまたも恥ずかしそうに俺から視線を逸《そ》らす。

本当に何だろう。燈子先輩らしくない態度だ。

それとも俺、何か燈子先輩の気に障るような事をしたんだろうか？

（この前、誘ったのがマズかったのかな？　また久美さんあたりに何か言われたとか）

俺は微妙に不安になった。

「じゃあ観光に二日、海遊びで二日って事にしようか。せっかくだから沖縄の海も堪能したいし。沖縄はマリン・アクティビティも盛んだから、それも楽しみたい」

「俺、フライボードをやってみたいっす！」

そう言ったのは石田だ。

「ＳＵＰ（スタンド・アップ・パドルボード）も面白そう。海の上を散歩するみたいで」

と燈子先輩。

もちろん、その意見に異論はなかった。どちらも最近人気のマリン・アクティビティだ。

その後もしばらく、どこをどう回るか、どのお店に入るかなどを、ガイドブックとスマホで調べながら沖縄旅行の計画を練る。

こういう風に仲間内で旅行の計画を立てるって、やっぱり楽しい。
期待感も盛り上がるし。
ただ気になるのは、今日の燈子先輩の態度だ。
なにかこう、落ち着かないというか、モジモジしているというか……。
普段のキリッとしている燈子先輩とはどこか違う。
そして俺が彼女の様子を気にするのは理由があった。
この前は言えなかった燈子先輩の誕生日、それが近いからだ。
前期試験が終わる日、八月三日が燈子先輩の誕生日だ。
そして半年前、俺は燈子先輩とその日を「二人で祝おう」と約束したのだ。
俺は今日、その事を燈子先輩に言うつもりだ。
大まかな日程や観光したい場所などを決め、その日の打ち合わせは終わりとなった。
喫茶店を出る時、俺は周囲には聞こえないように小さな声で、燈子先輩に呼びかけた。
「燈子先輩」
小さい声であったにもかかわらず、彼女はビクッとした。
「な、なに？」
やはり燈子先輩、どこか身構えているような感じだ。
こんな態度をされると、俺としても誘い難《にく》い。

だけどここでタイミングを逃すと、中々言い出す事が出来ない気がする。

いま言うしかない！

「前期試験が終わる日って、燈子先輩の誕生日ですよね」

「……うん」

「前に『やり直しのクリスマス』の時の話ですけど、次の燈子先輩の誕生日は俺がお祝いしますって言った事、覚えていますか？」

「え、あ、うん……もちろん覚えているよ」

燈子先輩がまたもやモジモジと、両手の指をこすり合わせる。

本当に彼女らしくない。

「それで八月三日が試験最終日ですよね？　俺が誕生日をお祝いしたいんですけど、どうでしょうか？」

「それって……二人だけで？」

燈子先輩がそう聞き返す。チラッと横目で俺を見た。

俺は不安になった。

「はい、そのつもりですけど……嫌ですか？」

すると彼女は焦ったような感じで俺を振り向いた。

「ううん、嫌じゃない！　嫌じゃないよ、全然！」

気のせいか、燈子先輩の頰《ほお》のあたりが赤い。

「良かったです。断られるのかと思った……」

思わず安堵《あんど》のタメ息と一緒に、そんな言葉が漏れる。

「ごめんなさい。私、そんなつもりじゃ……」

「じゃあ二人だけの誕生日会、オッケーですか」

「うん……ありがとう」

そう言って、微《かす》かな声で付け加える。

「嬉《うれ》しい……」

（えっ……？）

思わずその言葉の意味を聞き返そうとした時、

「何やってんの、燈子？　行くよ」

一美さんが自分の車の横に立ち、そう呼びかける。

「あ、待って。いま行くから」

燈子先輩は一美さんにそう返事をした後、

「詳しい話は、後で連絡して」

そう素早く俺に言うと、逃げるような感じで走って行った。

（なんだろう。今日の燈子先輩、いつもと違う感じがしたんだけど……）

「優、俺たちも行くぞ」
石田が、喫茶店の前に停《と》めた自転車に跨《また》がって呼びかけてきた。

翌日、日曜日。
今日は明華《めいか》ちゃんの勉強を見てあげる約束だ。
彼女にはミス・ミューズの高校生参加枠で、燈子先輩への投票をお願いした。
その見返りとして、明華ちゃんの勉強を見てあげる事になっていたのだ。
それも何故《なぜ》か「俺の家で二人きりで」という条件付きだ。
しかし俺の家に来てもらう都合のいい機会がなかった。
そんな訳で今までズルズルと先延ばしになっていたのだ。
「お邪魔します」
俺が出迎えると、明華ちゃんはそう言って玄関に入って来た。
「どうぞ。俺の部屋は二階だから」
今日は母親が居る。
俺としては母親が家に居る事は必要だったが、明華ちゃんと会わせたくはなかった。
別に変な意図がある訳じゃなかったが、なんとなく気恥ずかしい気がした。
だが親というのは、出て来て欲しくない時に出て来るものだ。

「あら、お客さん？」

母親がリビングから出て来て、そう声を掛ける。

その表情には「優が女の子を連れて来るなんて珍しいわね」という考えが、ありありと浮かんでいる。

変な誤解を受けたくない。

「彼女は石田明華ちゃん。俺といつも一緒にいる石田の妹なんだ。今日は試験前で勉強を教えてあげるって約束してたから」

急いで状況を説明する。

なんか言い訳臭くなってしまったが……。

「初めまして。石田明華です。よろしくお願いします」

明華ちゃんは可愛《かわい》い笑顔で挨拶をする。

母親も最初は意外そうな顔をしていたが、その笑顔にほだされたのだろう。

「ええ、どうぞごゆっくり」

母親も笑顔でそう返した。

(これが彼女だったら、きっと高得点の初対面イベントなんだろうな)

そんな事を思いながら、俺は明華ちゃんを自分の部屋に案内する。

「へぇ〜、これが優さんの部屋なんですね」

部屋に入った明華ちゃんは、まるで感慨深いとでもいった感じで部屋を見渡す。

「別に普通の部屋だよ。特別変わった物はないし。石田と同じようなもんじゃない？」

俺の部屋は、机があってその上にパソコン、あとは本棚とベッドというごく普通の男子学生の部屋だ。

「お兄ちゃんの部屋は、マンガとラノベとフィギュアで一杯です。あと同人誌とか」

「まぁそれは石田の個性だから。それを除けばきっと一緒だよ」

俺はそう言いながらローテーブルを出した。

「じゃあ勉強を始めようか？　俺が教えられるのは数学と物理・化学くらいだけど」

俺の隣に座った明華ちゃんは、バッグから問題集を取り出した。

「まずは数学からお願いします。ベクトルとか全然わかんないんで」

それから約一時間半、俺は明華ちゃんに数学を教えた。

彼女も元々頭がいい。一度説明しただけで、スラスラと問題を解いていく。

ただ……説明する時、妙に距離が近いんだよな。

まるで身体《からだ》を摺《す》り寄せるようにしてくる。

頭なんて二十センチも離れてないんじゃないか。

明華ちゃんの横顔がすぐ隣にある。

彼女の健康そうな張りのある肌が目に入った。

（明華ちゃんも、会うたびにキレイになっていくよな……）

そんな考えがふと頭に浮かんだ。

それと七月という事もあって、彼女も薄着だ。

デザインされたファッションTシャツを着ているんだが、明華ちゃんが前屈《まえかが》みになるたびにTシャツの胸元が大きく開く。

するとその隙間から、ピンク色の可愛らしいブラジャーが見えてしまうのだ。

目のやり場に困る事この上ない。

「ふ〜、ちょっと暑いですね」

明華ちゃんがそう言って、Tシャツの襟口を摑《つか》むとパタパタとさせた。

俺は慌てて視線を逸らせた。

「どうしたんですか？」

明華ちゃんがそう尋ねる。

「いや、暑いならエアコンをもっと強くしようか？」

「いいです。私、エアコンは身体が冷えるから好きじゃないんです」

そう言って彼女の身体が、さらに近くなる気配を感じた。

「そ、そう？　じゃあ何か冷たい飲み物でも持って来ようか？」

「優さん……」

そう言った彼女の吐息が、俺の頬に感じられた。

「な、なに？」

俺は微妙に身体を反らす。

「私の事、嫌いですか？」

「嫌いなんかじゃないよ」

「でも微妙に私の事、避けていませんか？」

「避けているって訳じゃないよ」

「二人きりで勉強を教えてくれる約束だって、中々家に呼んでくれなかったし」

「色々と忙しかったんだ。タイミングもあったし」

「今日だって私、優さんと二人だけだと思っていたのに……家にはお母さんが居るし」

そりゃそうだ。だって母親が家に居る時に呼んだんだから。

もちろん二人だけだからって、俺が明華ちゃんに何かするなんて絶対にない。

その程度の理性と分別はあるつもりだ。

それでも誰もいない時に部屋に入れるのはＮＧだ。疑われた時に弁解しづらい。

「私の気持ち、わかっていますよね？」

明華ちゃんがそう言って、さらに身体を寄せて来る。

彼女の体温さえ感じられそうな近さだ。

「め、明華ちゃん。ちょっと離れて……」

「……優さん」

その時、階段を誰かが上って来る足音が聞こえた。

俺も、そして明華ちゃんも、ハッとしてドアの方を見る。

足音はドアの前で止まると「コンコン」と二回ノックされた。

「優、入るわよ」

その母親の声で、明華ちゃんもパッと俺から離れる。

俺は身体を反らせたままだ。だが内心ホッとしていた。

「いいよ、入って」

すぐにドアが開き、母親がアイスティの入ったグラス二つと、チョコレートとクッキーが乗った菓子皿を持って来た。

「頭を使うと甘い物が欲しくなるでしょ。一息入れたらどう？」

母親はそう言って明華ちゃんを見た。

「優に勉強を教えて貰《もら》っているの？　役に立っているかしら？」

それに明華ちゃんは笑顔で答える。

「はい、優さんはとっても丁寧に教えてくれるので。学校の先生よりわかりやすいです」

「それならいいけど」

母親はそう言うと、俺を一瞥《いちべつ》して部屋を出て行った。

母親が出て行くと、明華ちゃんが恨めしそうな目で俺を見る。

「せっかくだから、休憩にしようか」

俺はそう言いながら、彼女の前にグラスと菓子皿を置いた。

「……ありがとうございます」

そう言って明華ちゃんはグラスを手にした。

「ところで優さんは、夏休みはどうするんですか？」

「俺は……予定としてはサークルの人と出かけるくらいかな。あとはバイトをけっこう入れているけど」

「サークルの人っていうのは、燈子さんが一緒なんですよね？」

明華ちゃんの目がきつくなる。

「そうだね。おそらく一緒だろうね」

俺は言葉を濁した。

「合宿か何かですか？」

「うん、まぁそんなところ」

なんか問い詰められているみたいだ。背筋にヒヤリとするものを感じる。

でもなんで俺が、自分の予定を誤魔化《ごまか》さなければならないんだ？

しかし明華ちゃんの鋭い視線を感じると、とてもじゃないが正直に言う気にはなれない。

沖縄旅行の件は、彼女には言わない方がいいだろう。

明華ちゃんはまだ探るような目で俺を見ていた。


「お邪魔しました」

それから一時間ほど経《た》って、明華ちゃんは帰っていった。

俺と、そして再びリビングから出て来た母親が、玄関先で彼女を見送る。

玄関ドアが閉まってしばらくすると、母親がポツリと言った。

「明華さんって、とっても可愛い娘《こ》ね」

「うん」

すると母親は俺をジロリと見た。

「友達の妹には気軽に手を出さない方がいいわよ。石田君と気まずくなりたくないでしょ」

母親はそう言うとリビングに戻って行った。

まさか、明華ちゃんとの会話、聞かれたんじゃないだろうな？


夜になって俺は、燈子先輩にメッセージを送った。

＞（優）昨日の話ですけど、いいですか？

返事はすぐに来た。

＞（燈子）うん、いいよ。

＞（優）燈子先輩も八月三日の試験で最後なんですよね？

＞（燈子）そうだね。四時限目の試験が最後。

＞（優）俺もです。じゃあ試験が終わったら、北門の近くで待ち合わせでどうですか？

＞（燈子）『OKのスタンプ』

＞（燈子）どこに連れて行ってくれるの？

＞（優）フレンチとかどうかなって考えているんですけど。

＞（燈子）私は何でもいいよ。無理はしないでね。

＞（優）俺が選ぶ店なんで、そんな凄《すご》い所は行けないです。

＞（優）『ごめんなさいのスタンプ』

＞（優）でも出来るだけの事はするつもりです！

＞（燈子）そんな、本当にいいのよ。それより一色君がちゃんと私の誕生日を覚えていてくれて、祝ってくれる事の方が嬉《うれ》しいから。

＞（優）忘れる訳ないじゃないですか！　燈子先輩と二人で祝えるのを楽しみにしていたんですから。

＞（燈子）『喜んで跳ね回るスタンプ』

＜（燈子）ありがとう、一色君。
＜（優）そう言って貰えて嬉しいです。
＜（燈子）楽しみだな。こんなに誕生日が待ち遠しいのは久しぶり！
俺は思わずニンマリしてしまった。
燈子先輩がこんな風に喜びを表すのは珍しい。
＜（優）俺もです。早く試験が終わって欲しいです。
＜（燈子）それが終われば沖縄旅行もあるしね。
＜（優）はい、それも楽しみです。
＜（燈子）ねぇ、一色君……
＜（優）なんでしょうか？
しばらく間があく。
俺は燈子先輩からの返事が来るのを待った。
＜（燈子）ううん、やっぱりいいや。また今度。
う～ん、気になる。
でもこういう場合、女性に対してはシツコクしない方がいいんだよな。
＜（優）わかりました。次に会ったら教えて下さい。
＜（燈子）それじゃね、おやすみなさい。

＜（優）おやすみなさい。

メッセージのやり取りが終わっても、俺は心の中が温かくなる気がした。
改めてチャットを見返してみる。
見ようによっては恋人同士のチャットだ。
またもや顔がニヤけてくる。
こんな幸せな気分は久しぶりだ。
燈子先輩と二人で祝う誕生日……。
待ち遠しくて仕方がない！

三　鴨倉と会う

その日は、学食がやけに混んでいた。

石田《いしだ》は提出物があったため、俺だけ先に学食に来ていたのだ。

（本当に混んでいるな。やっぱり試験前のせいか？）

試験前となると、普段はあまり大学に来ない奴《やつ》も授業に出るようになる。

（どこか空いている席はないか？）

俺は焼き鳥丼のトレイを持ったまま、学食内をウロウロした。

だがどのテーブルも一杯だ。

二回りほどした所で、端の方にある二人掛けのテーブルが目に入った。

男が一人だけで座っている。

（とりあえずあそこで相席をさせて貰うか。あの人はもうすぐ食べ終わりそうだし。そうすれば後で石田が来ても大丈夫だ）

俺はその二人掛けのテーブルに近づき「相席、いいですか？」と尋ねた。

下を向いていた男が顔を上げる。

その顔を見た瞬間、俺は息を飲んだ。

(鴨倉哲也《かもくらてつや》……)

そいつは俺が最も嫌いな先輩、俺の元カノだったカレンを寝取った男。

そして燈子《とうこ》先輩の元カレ。

鴨倉哲也だった。

ヤツも俺の顔を見た瞬間、その端整な顔を嫌そうに歪《ゆが》めた。

俺はすぐにトレイを持って方向転換する。

コイツの顔を見ながら食事するなんて、真っ平ゴメンだ。

だが俺が立ち去ろうとした時、

「待てよ」

と鴨倉が声を掛けて来た。

思わず俺も立ち止まる。コイツが声を掛けて来るなんて予想外だ。

「なんですか?」

一応、返事はする。嫌悪感は隠さないが。

「混んでいて他に座る所もないんだろう。座ればいいじゃないか」

「鴨倉先輩とは一緒にいたくないんですよ。他の席を探します」

「なんだ、俺にビビッているのか?　相変わらずヘタレだな、オマエ」

鴨倉が口元だけを歪めた笑いを浮かべる。

イケメンなだけに、こういう笑い方がすごく嫌味《いやみ》だ。

だがコイツに臆してると思われるのは癪《しゃく》だ。

「俺もオマエと少し話がしたいと思っていたんだ。まぁ、座れよ」

鴨倉がそう言って前の席を手のひらで指し示す。

ここまで言われたのだ、逃げる感じになるのは絶対に嫌だ。

見ると鴨倉はほとんど食事を終えている。直にコイツも立ち去るだろう。

俺は乱暴にトレイをテーブルに置くと、鴨倉の前に座った。

「俺に話って何ですか？」

とりあえずそう聞いてみる。食事には手を付ける気にならない。

鴨倉はコップを手にした。

「ミス・ミューズでは、ずいぶんと頑張ったらしいな」

「そうですね」

「あの竜胆朱音《りんどうあかね》を打ちのめしたんだって？」

「別に打ちのめした訳じゃないですよ。それに俺たちは竜胆さんを標的にした訳じゃない。

向こうが勝手に燈子先輩を敵視していただけです」

「言うじゃないか」

鴨倉はコップの水を一口飲んだ。本番に入る前に喉を湿らせたのか？

「その後、燈子とはどうなったんだ？」

（やっぱり燈子先輩の話か）

「時々会ってますよ」

俺はぶっきらぼうに答えた。

だがそれを聞いた鴨倉は鼻で笑った。

「その程度か？」

相変わらず嫌な野郎だ。

一々人を見下した言い方をする。

「別に俺が燈子先輩とどうしているか、鴨倉先輩に報告する義務はありませんから」

俺は会話を早く終わらせるため、つっけんどんな返事をする。

正直な所、俺はあのクリパ以来、鴨倉には少し同情していた。

確かに普段から先輩ヅラしていたコイツが、裏で俺の彼女であったカレンと浮気していた事は許せない。

だが燈子先輩が「誰ともそういう関係になった事はない」という事実を知って、男としてはコイツが浮気に走ってしまう気持ちも、理解できなくはなかった。

それに大勢の前であれだけ面子《メンツ》を潰されたのだ。

しかも鴨倉が長年狙っていた燈子先輩は、あの晩は俺と一緒にホテルに行っている。

コイツがクリパの夜に見せた絶望的な表情は、俺にとっても忘れる事が出来ない。

(もっとも俺も燈子先輩とホテルに行っただけで、結局は何もなかったんだが)

しかしこうして目の前にして話していると、改めてコイツに対する嫌悪感が沸き上がる。

俺と鴨倉哲也は、元々ソリが合わないのだろう。

「そうとんがるなよ」

鴨倉は片目を閉じて顔を斜にして俺を見る。

ホント、キザな野郎だ。

「これでもオマエと燈子の仲を、心配してやっているんだ」

「余計な心配ですね」

「オマエたちはクリパ以来、仲は進展していないんだろ?」

俺は黙って鴨倉を睨《にら》みつけた。

当たっているだけに軽々しく何かは言えない。

「いや、クリパの時に行ったっていうホテルだって、本当に二人が関係したか怪しいもんだ」

「そんな事、鴨倉先輩には関係ないでしょ。そもそも何を根拠に言っているんですか?」

すると鴨倉は真剣な目をして、身体《からだ》を前に乗り出して来た。

「燈子がそんな簡単に身体を許すとは思えないからさ。燈子はアノ男の事が忘れられないからな」

「アノ男って？」

思わず俺もそれには反応してしまう。

鴨倉はまだ、俺の知らない燈子先輩の事を知っているのか？

「そんな事も知らないのか？」

今度は逆に鴨倉の方が驚いたような顔をした。

「燈子の家庭教師だった男だよ。名前は三条秀人《さんじょうひでと》。東大医学部で、燈子が中三の時からずっと好きだった相手だ。初恋だったらしいぞ」

燈子先輩の家庭教師？　中三の時からずっと好きだった相手？

俺の中で何かが燃え上がるのを感じた。

嫉妬なのか、焦りなのか、怒りなのか？

だがそれが何であるか、俺自身にも説明がつかない。

鴨倉はそんな俺の様子を気にせず、話を続けた。

「燈子は中三から高三までの四年間、その三条って男に家庭教師で教わっていたんだ。そして燈子は大学に入ってからも、一途《いちず》にソイツの事を好きだったんだよな」

燈子先輩が五年間も片思いしていた相手……。

「それで大学一年の終わり、燈子はついに三条に告白する決心をしたんだ。だがタイミング悪く、三条には別に恋人が出来たばかりだった。それを知ったアイツは告白すら出来なかった。そんな傷心の燈子に、俺は上手《うま》く付け込めたって訳さ」

……あの時の私、色々あってなんか焦ってたのかもしれないね……

鴨倉とカレンの浮気現場を確認した夜。

俺が「どうして鴨倉と付き合ったのか」と聞いた時、燈子先輩はそう答えた。

あの時の答えの裏には、そんな事情があったのか。

「三条は燈子の父親の知り合いの息子らしい。燈子の両親も三条をかなり気に入っていてな、将来は燈子と結婚させたかったそうだ。ま、両親公認の仲ってやつだな」

呆然《ぼうぜん》としている俺に、さらに鴨倉は言った。

「そんな感じの二人だ。それに家に誰もいない時に、燈子の家庭教師をしていた事も何度かあったらしい。燈子にすればチャンスだ。そして三条にしても、たとえ付き合っていなくても燈子ほどの美人が好意を寄せていたら、男としてはどうなるかわからないよな。二人が男女の仲になっていてもおかしくはない」

「そんなの、鴨倉先輩の妄想に過ぎない」

「だがその可能性は十分にある。それにそう考える事で辻褄《つじつま》も合って来るんだ」

「辻褄ってなんです？」

「燈子があそこまで俺と寝るのを拒んだ事さ。アイツは真面目なだけに、一度思い込むと一途だ。あの手の完全主義女は『自分の美しい思い出を汚されたくない』って思い込むんだ。燈子は三条以外の男に身体を許さない事で、『自分は初恋の相手とまだ繋《つな》がっている』と考えているんだよ」

「全部想像じゃないですか。理由になっていない」

「おいおい、俺は女に関してはけっこうな経験があるんだぜ。なぜ俺が色んな女を落とす事が出来ると思う？　女の性格や好きなタイプをパターン分けして、それに合った好みの男を演じているからだ。そのデータを元に考察しているんだ。そして俺の女に関する考察は、まず外れた事がない」

「……」

「普通に考えてみろ。スタイル抜群のとっておきの美少女が、自分に好意を抱いているんだぞ。しかも毎週二人だけで会っているんだ。四年間もな。二人は互いに色んな事を話しているだろう。三条だって燈子が自分に強い好意を持っている事を知っている。そんな中で夏場の薄着の時、もし二人っきりで居たら？　家には他に誰も居ない。そんな状況でイイ雰囲気になったら？　燈子だって四年間も思い続けた相手だ。そして両親も三条との結婚を期待している。拒むはずがない。家庭教師はお互いの距離も近い。すぐ横には都合良くベッドもある。そんな中、どちらかの心のタガが外れたら？　当然二人は……」

「やめろよ！」

俺は思わず怒鳴っていた。

周囲の人が驚いて俺たちを見る。

俺は鴨倉を睨んだ。

「別れたとはいえ、元彼女をそんな風に言うなんて……アンタは最低だ」

鴨倉は一瞬、俺の気迫に飲まれたような顔をしたが、すぐに「フッ」と鼻で笑った。

「俺はオマエに警告のつもりで教えたんだがな」

そう言って鴨倉は、食事が終わったトレイを手に立ち上がる。

「俺もオマエも、燈子におちょくられているのかもな」

そう言い残して、鴨倉は立ち去っていった。


鴨倉が去った後も、俺はしばらくそのままの姿勢でいた。

……燈子先輩の初恋の相手、東大医学部のエリート……

……燈子先輩の家庭教師をしていた。当然、二人だけの時もあって……

想像が嫌な方へ、嫌な方へと傾いていく。

俺は目の前の食事に手も付けず、ただじっと何かの衝動に耐えていた。

「優《ゆう》？」

その掛けられた声でハッと我に返る。

顔を上げると目の前にいたのは石田だった。

「どうしたんだ、オマエ？」

だがその時の俺は、すぐに何かを言う事ができなかった。

「さっきここに居たの、もしかして鴨倉先輩か？」

石田が鴨倉の去った方向を見ながら、そう言った。

俺が黙って頷《うなず》くと、

「何を話していたんだ？」

と席について聞いて来る。

「鴨倉がさ……」

俺はさっき聞いた『燈子先輩の初恋の相手である家庭教師』について話した。

「か～、あの人、そんな事を言ったのか？　ツラはいいけど性格はマジでゲスだな」

石田も呆《あき》れたように言う。

「だけどさ、その話を聞いてやっと納得したよ。今まで、なぜ燈子先輩が鴨倉なんかと付き合ったのか、ずっと疑問だったんだ。そういう背景があったんだな」

「失恋したては落ちやすいって言うからな」

石田は頷きながらも、複雑な表情でそう言った。

「燈子先輩、まだその家庭教師の事が忘れられないのかな……」

石田がしばらく沈黙した後に、口を開く。

「五年も片思いしていれば、そう簡単には忘れられないだろうな。しかも最後は告白まで行かずに失恋している訳だし……」

「それで……」

口にしかけて、俺は止《や》めた。

これを口にすると、自分が凄《すご》く落ちる気がしたからだ。

しかしそのまま黙っている事を、石田が許してくれなかった。

「なんだ？」

「いや、やっぱりいいよ」

「言いたくないならいいけどさ。でも言った方がスッキリする事もあるぞ。俺も相談に乗れるかもしれないし」

（そうだな。自分の中に封じ込めていても、このモヤモヤは解消されない）

そう思った俺は、言いかけた疑問を石田に投げかける事にした。

「もし石田が可愛《かわい》い女の子の家庭教師をやっていて、それでその相手が自分に強い好意を持っていたら、どうなるかな？」

石田が少し考える。

「う〜ん、相手によるかな。どんなに可愛くても、中学生とかだったら論外だろうし」

「じゃあ高校生だったら？」

「大学生と高校生が付き合うなんて、割と普通の事だしな。それで相手が強い好意を持っていてくれて、毎週定期的に会っていて、しかも二人だけの時があったら……グラッと来ちゃってもおかしくないよなぁ」

「はぁ〜」と深いタメ息が漏れる。

それを聞いた俺は思わず頭を抱えた。

「やっぱりなぁ。そうだよなぁ」

石田が慌てて言った。

「いや、待て。今のは俺の場合だって。それに燈子先輩がそうなるとは限らないだろ」

「逆にオマエは燈子先輩とその立場になったら、自制できる自信はあるのか？」

石田が面食らったような顔をする。

「それは……自信ないかも……」

「そうだろ。燈子先輩ほどの美人だもんな。それが普通だよな」

二人揃《そろ》って昼食を前に沈黙する。

最後に俺は言った。

「もし燈子先輩がその初恋の相手を忘れられないとしたら、今までの一線を引いた態度も理解できるんだ」

……俺もオマエも、燈子におちょくられているのかもな……

鴨倉の最後の言葉が、頭に残って離れなかった。


その翌日の夕方、再び明華《めいか》ちゃんが俺の家に来ていた。

明華ちゃん曰《いわ》く「この前は二人きりじゃなかったから無効」という事だった。

平日のため、両親ともに仕事に行っており、この日は俺と彼女だけだ。

前回に引き続き数学と、彼女が苦手としている物理の勉強を見る事になっていた。

今日の明華ちゃんは白い夏のセーラー服だ。

セーラー服も前屈《まえかが》みになると、やはり胸元が開いてしまう。

そして学校帰りのせいか、締め切った部屋にいると軽く彼女の汗の匂いが感じられる。

俺は匂いフェチとかではないが、決して嫌な匂いではない。

明華ちゃんの真剣な顔を見ていると、少女から大人の女性へと移り変わる不思議な色気を感じてしまう。

（三条って家庭教師も、こんな風に燈子先輩を見ていたんだろうか……）

そう思うと胸の中に、またもや嫉妬とも焦りとも怒りともつかない妙な感情が沸き起こって来る。

明華ちゃんは俺の事を好きだと言ってくれている。

この状況は、燈子先輩と三条との状況に似てないだろうか？

（もし俺が燈子先輩に出会っていなくて、そして彼女もいない時だったら……明華ちゃんのアプローチを拒絶しただろうか？）

「優さん」

明華ちゃんにそう呼びかけられてドキッとした。

「どうかしたんですか？」

彼女のクリッとした目が、まっすぐに俺を見ている。

俺は訳もなくドキドキした。

まるで自分の考えを読まれたかのように感じる。

「なんでもないよ」

俺は彼女から視線を逸《そ》らした。

「それでここの205番の問題、ベクトルの内積の問題ですけど……」

明華ちゃんが問題集を持って、身体ごと近づけて来る。

そりゃ教わっているんだから仕方ないけど……でもやけに身体の距離が近いんだよな。

そのため明華ちゃんの弾力のあるバストが、俺の腕に触れてしまった。

（燈子先輩とその家庭教師も、同じような事があったんだろうか）

高校時代から、燈子先輩は抜群のスタイルを誇っていた。

そんな燈子先輩と、もし同じような事があったとしたら……？

……その時、三条は？

そう思った時……。

グイ
思わず俺は明華ちゃんの肩を押しのけてしまった。

明華ちゃんが目を丸くする。

俺もやってから「しまった」と思う。

「あ、いやさ。俺も大学から帰ったばかりで、汗臭いかもしれないからさ」

「……」

「それに、ほら、今日はこの家に二人だけだろ。あんまり近すぎるのも良くないかなって
……その、変な感じになったらマズイし」

一瞬、唖然《あぜん》とした表情の明華ちゃんだったが、すぐに笑顔になった。

「わかりました。優さんはやっぱり真面目な人なんですね」

だけどその笑顔は、どこか寂しそうにも見えた。

（いや、そういうんじゃない……）

さっきの行動は別の原因であるため、そう言われても心苦しいばかりだ。

「私は優さんの、そういう所も好きなんです」
そんな彼女のまっすぐな言葉と視線が、俺には痛く感じられた。

その夜、ベッドの中で俺は中々寝付けないでいた。
原因は……やはり燈子先輩の家庭教師の事だ。
今日、明華ちゃんの家庭教師をやっている時、俺は彼女を突き放してしまった。
もしあれが逆に、彼女を抱き寄せていたら？
明華ちゃんは可愛い。間違いなく美少女だ。
俺だって燈子先輩がいなければ、きっと好きになっていただろう。
それであの状況なら……何が起こったか解《わか》らない。
同じことが、燈子先輩と三条という家庭教師の間に起こらないとも限らない。
いや、普通に考えれば、何かあったと考えるべきだろう。
高校時代の燈子先輩は、既に完成された美貌とスタイルを持った美少女だった。
その燈子先輩が熱い視線で三条を見つめる。
家には二人きり。誰もいない。
互いの身体の距離も近い。触れるか触れないかくらいに二人は寄り添い……。
「先生、好きです」と燈子先輩が甘く告白をしたら……。

思わず声を上げて、俺は上半身をベッドから起こした。

嫌だ、嫌だ。燈子先輩が、そんな……。

しかし考えれば考えるほど、鴨倉が言っていた事が現実のように思えてしまう。

それに家庭教師と言うからには、週に一回か二回は定期的に燈子先輩の家に来ていたに違いない。

一度や二度なら、燈子先輩ほどの美少女に誘惑されても、我慢できるかもしれない。

だがそれが毎週、しかも四年間もあったとなると……。

そして真面目な燈子先輩でも、自分の初恋の相手であり、親も「出来れば結婚させたい」と思っている相手なら、身体を許してしまうんじゃないか？

俺はそれから、毎日悶々《もんもん》として過ごしていた。

三・五　【燈子サイド】誕生日前の燈子

今日は八月二日。明日は私の誕生日だ。

そして最後の試験が終わった後、一色《いっしき》君が祝ってくれると言う。

二人だけで……。

私は翌日が試験であるにもかかわらず、勉強が手に付かなかった。

こんな事は今まで無かったのに……。

実は数日前、一美《かずみ》から電話があったのだ。

「燈子《とうこ》、誕生日は一色君と二人だけでデートするんだって？」

「え、誰に聞いたの？」

私は思わずそう聞き返した。少なくとも私は誰にも言っていない。

「石田《いしだ》君から。石田君は前に一色君から『燈子先輩の誕生日を一緒に祝う約束をしているんだけど』って相談されていたらしいよ」

う～ん、一色君。出来ればあまり他の人には言って欲しくないんだけど。

でもこの言い方だと、この前の喫茶店で私を誘うより前だったのかな。

「それで石田君が焚《た》きつけたらしくてさ。そうしたら一色君も『出来ればその時に自分の気持ちを燈子にぶつける』って言っていたんだって！」

「ええっ！」私は思わず大きな声を出してしまった。

でも考えてみれば、そんな雰囲気はあったのだ。

最近の一色君からは、私に対して何か踏ん切りをつけようとするのを感じていた。

ずっとそのタイミングを計っていたように見える。

……この次に二人だけでデートしたら、彼は告白してくるかもしれない……

そんな予感がしていた。そして『次のデート』は、明日の私の誕生日になるだろう。

「燈子、もし一色君に告白されたらどうするの？」

一美がちょっと心配そうに聞いて来た。

彼女は『私の保護者』を自称していて、男女関係についてもチェックを入れて来る。

「う～ん。その時になってみないとわからないけど……」

「ま～た、そんな事を言って。一色君が勇気を出して告白してくれて、燈子にもその気があるなら、腹を括《くく》って受け入れてあげればいいじゃない」

「この前から思っていたんだけど……珍しいよね、一美がそんな風に言うなんて」

彼女はどちらかと言うと、私の異性との交際については慎重な方だ。

一美が言うには「燈子は悪い男に騙《だま》されやすそう」という事だ。

哲也《てつや》と付き合う事は事後報告になったんだけど、彼女はかなり渋い顔をしていた。

実際、アレは失敗だったんだけど……。

「一色君ならね、そんな危険な事もないだろうし。何より燈子の気持ちを大切にしてくれそうだから」

確かに彼はいつも私に配慮してくれていると思う。

だけど裏を返せば、「彼は私に積極的ではない」とも感じられる。

「それでどうなの？　燈子は一色君の告白を受け入れるの？」

「え、え、受け入れるって？」

「燈子は一色君じゃ嫌なの？」

「そんな、嫌なんて事はないよ。だけど……」

「せっかくの誕生日でしょ？　付き合いも長いんだし、そこでロマンチックに告白されたら、そのままホテルに直行しちゃってもいいくらいだけどね」

「ホ、ホテルに直行って、まさか、そんな！」

「あ、燈子たちは既にホテルには行っているんだよね。何もしなかったけど」

一美の笑い声がスマホを通して聞こえる。

電話の向こうで、彼女の面白そうな顔が目に浮かぶ。

ちょっと一美が憎らしくなる。

「ま、それは冗談にしてもさ、いい加減に一色君にお預けするのは止《や》めたらって事」

「お預けなんて、そんなこと、私はしてないよ！」

「燈子にその気はなくても、そう見えているんだよ、周りからは。その内、一色君も離れていっちゃうかもよ。男だっていつまでも高嶺《たかね》の花《はな》を待っていてはくれないって。彼もけっこうモテるんだしさ」

（なによ、高嶺の花って。私、そんなにお高く止まっているつもりはないんだけど）

私は普段の彼の様子を思い出そうとした。

でも一美に言われたせいか、彼が遠慮がちに話す顔が真っ先に浮かんでしまう。

「一色君、本当に私の事が好きなのかな」

思わずそんな言葉が漏れてしまった。

「えっ？」

「あ、いや、その……私の事が好きだったら、もうちょっと積極的に来るんじゃないかなって思って……。彼には今まで、そんな所は全然なかったから」

「それは誰かさんもバリヤーを張っているからでしょ。いい機会じゃない。誕生日デートでは少しだけガードを緩めてあげたら？」

「……」

「前にも言ったけどさ、男女の仲ってタイミングがあると思うんだよ。でもそのタイミングも何回もある訳じゃないからね」

「今日の一美は、やけに一色君を推すわね」

「アタシも彼は好きだしね。何よりも燈子の方も気になるから」

「私の方?」

「『お高い女』と思われたまま大学を卒業して、そのまま三十路《みそじ》、そしてアラフォーまで行っちゃうんじゃないかと思ってね」

「失礼ね。ずいぶんな事を言ってくれるじゃない」

「アタシも、そこまでは付き合ってあげられないからさ」

再び一美が高笑いをした。

「ご忠告、どうもありがとう!　心に留《とど》めておくわ」

私はそう言って、ムッとしながら電話を切った。


それ以来、『誕生日に告白されるかもしれない事』が気になって仕方がないのだ。

(もし……一色君に正式に『付き合って欲しい』って言われたら、どうしよう?)

私は机の上で頬杖《ほおづえ》をついた。

ホテルの最上階のレストラン。私たちは楽しくおしゃべりをしていて……。

食事の終わり頃、彼からそっとプレゼントを渡される……。

一色君が真剣な目で「俺と付き合って下さい」って……。

私がそれに「うん」って頷《うなず》いて……。

そうしたら彼が「今夜、部屋を取ってあります。俺と一緒に来てくれませんか」とか……。

私はその時、返事ができないかも……。

すると彼が強く私の肩を抱いて「帰したくないんです」って……。

私はそのまま、彼に肩を抱かれてホテルの部屋へ……。

「って、なに考えてるの、私！」

思わず自分で自分にツッコミを入れてしまった。

私はそんな軽い女じゃないでしょ！

今までだって何度も哲也や他の男に誘われたけど、ガンとして断ってきたじゃない。

（でも一色君は、他の男子とは違うでしょ）

私の中で別の私がそう囁《ささや》いた。

（もし……そんな事になったら……）

私、今のままで大丈夫かな？

変じゃないかな？

試験前で運動してないけど、太って見えないかな？

最近は怖くて体重計に乗ってないけど……。

下着とか……キチンとしたの、あったかしら？

私は不安な事があると、そのまま放置しておけないタチだ。

机を離れて、チェストの下着が入っている引き出しを開けた。

（下着の上下は揃《そろ》ってないと、やっぱり変よね）

普段は着心地の良さとか、服の上から線が出ないようにとか、そういう点に気を付けるけど、デートとなればちょっと違う。

有り合わせのブラとパンティで、上下がバラバラの下着っていうのも「女子力が低い」って思われるかも……。

チェストから上下セットで、いくつかの下着を取り出してみた。

あまり使っていないキレイなブラジャーとパンティのセットを選び出す。

黒いシックなレースの上下、赤いレースとメッシュの上下、他にも紫・淡いブルー・薄いピンクの上下など。それらをベッドの上に並べてみる。

「黒のブラとパンティっていうのは、なんか期待していたみたいよね。でもコッチの赤の上下っていうのは、まるで私が遊んでいるみたいだし……。やっぱりこの薄い色のブルーがいいかな？　清楚《せいそ》な感じがするもんね。あ〜、でもピンクも可愛《かわい》いかな」

ベッドの上の下着のセットを見比べながら、そんな独り言を呟《つぶや》いた。

(とりあえず着けてみないとわからないか?)

私は服を脱ぐと、ブラとパンティを一つずつ身に着けては、姿見に映してみる。

「あ~、やっぱり黒はいかにもって感じだな。初めてでこれはないか」

「この赤は……やだ、これTバックだったんだ。そっか、薄手のフィットパンツ用に、線が出ない下着としてこれ買ったんだ。しかもセットで買ったブラはハーフカップだし」

「う~ん、この紫のレース、キレイなんだけどなぁ。でもコレも何か誘われる事を期待していたみたいだし……やっぱり淡いブルーかピンクしかないか?」

そこまで言って、ハッと我に返る。

「いや、ちょっと待って。こんな事をしてるって、完全に私、一色君に誘われる事を期待しているみたいじゃない! そもそも告白されてすぐホテルなんてあり得ないし! 待って待って! 無し! 無し! 今までのは全部無し!」

そう言って慌てて元の部屋着に着替える。

顔が熱い。

一人でやってて、一人で舞い上がって、一人で恥ずかしがって、バカみたい。

そう思いつつも、ベッドの上に散乱したランジェリーを見ながら考える。

……明日、一色君は、本当に私に告白するつもりなんだろうか?

四　燈子の誕生日

前期試験、最後の科目が終わった。他の大勢の学生と一緒に教室を出る。

「お～、やっと終わったぁ」

「試験期間二週間ってけっこう長いよな」

「大学生にとっちゃ、年に二回の地獄の期間だからな」

「明日からやっと夏休みだよ」

周囲からそんな声が聞こえる。

だが俺はイマイチその明るい雰囲気に乗れなかった。

（本当なら、今頃ウキウキしているはずなんだがな）

その原因は解《わか》っている。

鴨倉《かもくら》から聞いた『燈子《とうこ》先輩の初恋の家庭教師』のせいだ。

あの話が気になって、試験期間中も満足に勉強が手に付かなかった。

「はぁ」

思わずタメ息が漏れた所で、後ろから肩を摑《つか》まれた。

「なんだよ一色《いっしき》。試験が終わったっていうのに、やけに雰囲気が暗いじゃん」

話しかけて来たのは山内《やまうち》だ。

「いや、そんなことないよ」

そう答えつつも、自分で元気がないのは解っている。

「試験の出来が悪かったか？　まぁ気にすんな、追試だってあるだろうし」

そんな事じゃねーよ。

「それより、今からクラスのみんなで飲みに行こうって話をしてるんだ。一色も来るだろ？」

「いや、俺はいいよ。今日はこれから用事があるんだ」

「なんだよ、付き合い悪《わり》ぃなぁ。そんな事じゃ社会に出てからやっていけないぞ」

「すまん。だけど今日は以前から約束している事だから」

「もしかして女か？」

そこに石田《いしだ》が割り込むように入って来た。

「今日は勘弁してやれよ。優《ゆう》は前からの約束があるんだ」

「なんだ、石田は一色の用事ってのを知っているのか？」

「まあな」

そう言って石田は俺の耳元で囁いた。

「今日はアレだろ、誕生日」

「ああ」

「正念場だよな。しっかりやれよ」

「そう……だよな」

「ここは俺が引き留めておくからさ。西浜《にしはま》とかが来る前にオマエは行けよ」

「ありがとう」

俺は石田の気遣いに感謝しつつ、その場を離れた。

まだ山内が何かを言っているが、ここは完全無視だ。

石田の言う通りだ。

燈子先輩の過去なんて気にしている場合じゃない。

今日こそは、ハッキリ俺の気持ちを伝えるんだ。


燈子先輩との待ち合わせは、大通りに面した大学北門だ。

その右側にはちょっとした木立がある。

彼女はその木陰にいた。

（燈子先輩）

俺はそう声を掛けようとして……立ち止まった。

燈子先輩はスマホを片手に電話中だったからだ。

「お久しぶりです」

燈子先輩のちょっと弾んだ声と、明るい横顔が見える。

それを見た俺は、なぜか建物の陰に身体《からだ》を隠してしまった。

そのまま聞き耳を立てる。

「ありがとうございます。誕生日、覚えていてくれたんですね。嬉《うれ》しいです」

相手は誰だろう。かなり親しそうな感じだが？

「わざわざそんな……いいえ、そんな事ないですよ。ありがとうございます。……あ～、懐かしいです。そんな事もありましたね。……え、彼氏ですか？　今はいません。……アハハ、そんな……期待しちゃいますよ」

普段の燈子先輩らしくない話し方だ。

相手は……まさか……。

「ええ、是非いらして下さい。父も母も三条《さんじよう》さんにお会いしたいって言ってました」

……三条！……

俺の心臓がキュッと縮んだように感じた。

悪い予感が当たってしまった……。

相手は燈子先輩の初恋の相手、東大医学部卒の元家庭教師・三条秀人《ひでと》だ。

そして今まで聞いた事がない、燈子先輩の親し気な話し方。

三条と燈子先輩の心の距離は、俺なんかとは比べ物にならないくらい近いのだろう。

(四年も家庭教師をやっていれば、距離が近いのは当たり前か)

頭でそうは思っても、俺の心は重く沈んでいた。

昨日までの悪い想像が、現実となって表れそうな気がする。

「あ、一色君」

いつの間にか建物の陰から出ていた俺に、燈子先輩の方から先に声を掛けて来た。

俺はとりあえず彼女の方に向かう。

「来てたのなら、声を掛けてくれればいいのに」

燈子先輩が何事もなかったかのように、そう言った。

「いえ、いま来た所ですから」

そう答えた俺の顔を、燈子先輩は覗《のぞ》き込んだ。

「どうしたの？　元気がないみたいだけど」

「そんな事ないですよ」

そう言いつつ、俺は燈子先輩から目を逸《そ》らす。

なぜか今、彼女の顔を直視できない。

いや、出来ないんじゃなく、したくないんだ、きっと。

「もし具合が悪いんなら、また別の日にしてもいいけど？」

「平気です。予約も取ってあるし……大丈夫ですから行きましょう」

俺はそう言うと、先に立って歩きだした。

（せっかくの燈子先輩の誕生日なんだ。無駄な事を考えるな、一色優！）

俺はそう自分に言い聞かせ、嫌な想像を振り払おうとした。


俺たちは東京駅近くの、夜景が見えるフレンチ・レストランに入った。

ホテルに併設されたレストランだ。

「ホ、ホテルなんだね……やっぱり」

燈子先輩が緊張した口調で言った。

「やっぱりって、どういう意味ですか？」

「え、いや、あの、その……高そうなレストランだなって。無理したんじゃない？」

「気にしないで下さい。せっかくの誕生日ですから」

そう答えた後、俺も燈子先輩も会話が途切れてしまった。

今日はずっとこんな感じだ。

電車の中では俺も出来るだけ明るく振舞おうと、ともかく話しかけた。

沈黙するのが怖いみたいに……。

だが俺が話せば話すほど、燈子先輩の口が重くなっているような気がした。

時々、俺の様子を窺《うかが》うように見ている。

まるで俺と一緒にいる事に戸惑いがあるみたいだ。

(もしかして、さっきの電話の相手、三条の事を思い出しているのか？)

ついそんな考えが頭を横切ってしまう。

その度に俺は自分に言い聞かせた。

(気にするな。別に燈子先輩とその家庭教師の間に、何かがあったって決まった訳じゃないんだ。ともかく今は、目の前の燈子先輩だけを見るんだ)

俺は意識的に燈子先輩に目を向けた。

パッチリとしていながら憂いを帯びたような目、すらりと高いが締まった感じの鼻筋、そして小さいながらも形のいい唇、その全体を取り囲むスッキリとした顎のライン。

知的でありながらも魅力的な、完璧な美人だ。

そんな燈子先輩が、ふとした拍子に見せる無防備な表情。

そんな所がとても可愛《かわい》く見える。

身体全体は細身でありながら、豊かに盛り上がっているバスト。スタイルも完璧だ。

だが今の俺にとって、彼女の一番の魅力は容姿ではない。

クールな理論派なのに、実は優しくて思いやりがあり……。

芯の通った強さがあるのに、とても繊細な心を持っていて……。

時には厳しく、時には優しく、俺を導いてくれた人。

そして……俺が最も傷ついた時に、一番近くで支えてくれた人。

（俺にとってこの人は、誰よりも失いたくない人なんだ……）

俺は改めてそう思った。

そんな燈子先輩だが、この前から俺に対する態度が少しおかしい。

なぜかモジモジというか、居心地が悪そうに見える時がある。

何かに迷っているとも、躊躇《ためら》っているとも言えるような……。

（もしかして鴨倉と別れた後、あの三条という元家庭教師と、時々連絡を取り合っているんだろうか？　それで三条の方も燈子先輩に接近しようとしていて……）

そう考えると、先ほどの電話も辻褄《つじつま》が合う。

だから燈子先輩は、俺と会っている時に、何か落ち着かない様子を見せているのか？

（だとしたら、燈子先輩は「俺と二人きりで会うのは、これで最後にしよう」って、そう思っている可能性もあるんだな）

俺は目の前の景色が暗くなるような気がした。

前菜が運ばれてきた。アボカドの上にエビとスモークサーモンが乗っている。

「美味《おい》しいね」

「美味しいですね」

口ではそう答えたが、この時は味なんて解《わか》らなかった。

「明後日《あさって》には沖縄旅行だね」

燈子先輩が新たな話題を振ってくれる。

「そうですね」

「楽しみだよね。どこが一番行ってみたい？」

「やっぱり有名な場所で首里城《しゅりじょう》とかですかね」

またもや話が途切れる。

会話が弾まない。

それは彼女もきっと同じなのだろう。

燈子先輩がまた俺の様子を窺うように見た。

ともかく何かを話さなくちゃ。

「このホテル、他にもイタリアンとか中華とか和食とか、高級レストランが一杯あるんですよ。あとカフェのスイーツも有名だそうです」

「そうなんだ」

「ここに泊まれば、色んな料理を楽しめますね」

「え、泊まるって……」

燈子先輩が驚いたような顔をした。フォークを持つ手が止まる。

「ホテルも五つ星なんで、きっと満足できるんでしょうね」

「そ、そうなんだ……」

燈子先輩が顔を隠すように下を向いた。

心なしか顔が赤くなったような気がする。

それから魚料理、肉料理と出て来るが、俺たちは無言でそれを口に運んだ。

どうにも会話が長続きしない。

こんな妙な雰囲気は初めてだ。

そしてその原因は解っている。

俺は……やっぱり燈子先輩の初恋の家庭教師の事が気になっているんだ。

そして燈子先輩も、初恋相手の事が心に残っているのかもしれない。

さっき三条と電話をしたばかりだ。

もしかしたら彼の方から「会いたい」と言ってきたのかもしれない。

今日のぎこちない態度は、きっとそういう事なんだろう。

肉料理を食べ終わり、チーズが出て来た所で俺は思った。

(雰囲気を切り替えよう。ここは一旦、プレゼントを出した方がいいかな。誕生日なんだからまずはプレゼントを渡さないと)

俺は三日前にデパートでプレゼントを買って来た。

ネットで調べた、女子大生に人気のブランドだ。

プレゼントを何にするか悩んだが、結局はネックレスにした。

指輪は恋人でもないのに厚かましい気がするし、プレゼントするアクセサリーとしてはネックレスが手頃だと思ったのだ。

人気があるのはオープンハート形とティアドロップ形らしいが、燈子先輩はオープンハートは持っていたような気がしたので、ティアドロップ形を選んだ。

(これを契機に、話も盛り上がるかもしれない)

そんな期待を抱いていた。

「「あの……」」

俺と燈子先輩の声が重なった。

「な、なに？」

「な、なんですか？」

その返しさえ、ほとんど同時だ。

「一色君から先に言って」

「いえ、俺のは大した事じゃないんで……燈子先輩から先に言って下さい」

「んん……」

燈子先輩が少し考えるような顔をした。

「じゃあ私から言うね」

燈子先輩がまた俺の様子を窺うように見る。

「なんか今日の一色君、普段と違うなって……」

「え……」

「何か、私に言いたい事があるんじゃないかなって……」

燈子先輩はそう言うと、両手を太腿《ふともも》の間に挟んで、恥ずかしそうに下を向いた。

(燈子先輩は気づいていたんだ。俺が、初恋の相手との電話を聞いていた事を)

「はぁ」

思わずタメ息が漏れる。

「何か言いたい事があるなら……ちゃんと言って欲しいな……」

燈子先輩は肩を竦《すく》めた感じで、まるで叱られる子犬みたいに俺を見た。

(そんな……燈子先輩は別に悪くない。ただ俺が気にしているだけなのに)

だけど知らず知らずの内に、俺の疑惑が態度に出ていたのだろう。

そして彼女はそれに気づいている。

だったらハッキリ言うべきかもしれない。

「燈子先輩がさっき電話で話していた相手って、家庭教師だった人ですか？」

「えっ？」

燈子先輩がキョトンとした顔をした。

「その人、三条さんって言うんですか？」

「え、うん、そうだけど……」

「燈子先輩は、まだその人が好きなんですか？」

「は？」

燈子先輩がまるで「言っている意味がわからない」というような顔をした。

俺が家庭教師の事を知っているのが意外だったのか？

「……そんな話、誰に聞いたの？」

しばらくの沈黙の後、燈子先輩が押し殺したような声でそう言った。

さっきまでほんのりピンク色だった顔色が、今はさらに赤くなっている。

「鴨倉先輩に……三条さんって言う東大医学部の人が、中三の時から燈子先輩の家庭教師をやっていたって。その人が燈子先輩の初恋の人で、大学一年まで五年間もその人の事が好きだったたって」

俺はそう答えた後、改めて燈子先輩を見た。

何かを我慢しているような表情だ。目の縁が赤みを帯びている。

そしてその目が強い光を伴って俺を見た。

「今日、君がずっと何かを言いたそうにしていたのって、それなの？」

「言いたそうにしたつもりはないですけど、気にはなっていました」

「信じられない……」

燈子先輩は震える声でそう呟《つぶや》くと、バッグを手にして立ち上がった。

「私、帰る」

「えっ？」

今度は俺が驚く番だった。

確かに片思いだった相手について聞かれるなんて気分が悪いだろうが、でもまだ相手に気持ちが残っているなら、俺の立場としては気になるのは当然だ。

俺は燈子先輩の気持ちを無視してまで、強引に「付き合ってくれ」と言う気はない。

だが燈子先輩は、悔しそうな目で俺を見たままこう言った。

「一色君、君には失望したわ。私と一緒にいた一年近く、いったい何を見ていたの？」

「え、でも……」

「君は相手の気持ちに寄り添える人間だと思っていたけど、ただ臆病なだけだったのね」

燈子先輩はそう言い残すと、もう後は振り返らずにレストランを出て行った。

俺はそんな彼女の後ろ姿を、ただ呆然《ぼうぜん》と見送っていた。

五　一美からの電話

レストランから帰って来た俺は、倒れるように自分のベッドに身を投げ出した。
燈子《とうこ》先輩が怒って出て行った後、俺も謝ろうとすぐにレストランを出た。
いくら気になったとは言え、あれは誕生祝いの席で言うべき事ではなかった。
そもそも俺と燈子先輩は、付き合っている訳ではないのだ。
燈子先輩が誰を好きだろうと、俺が口を挟む権利はない。
だが会計を済ませている間に、燈子先輩の姿はもう無くなっていた。
失意と後悔に包まれて帰りの電車に乗る。
……それにしても、あんなに怒る事はないんじゃないか？
俺はその点には少し腹を立てていた。
俺だって燈子先輩の気持ちを考えていたんだ。
燈子先輩だって、今日は俺との会話が上の空だった。
ずっと他の事に気を取られていたじゃないか。
そして俺と会う直前のあの電話。

あの会話を聞いたら「好きな相手から電話を貰《もら》った女の子」と思うのは普通だろう。
(燈子先輩は、何をあんなに怒っていたんだろう)
俺は自室のベッドの上で横になりながら、改めてその事を考えていた。
……私と一緒にいた一年近く、いったい何を見ていたの？……
燈子先輩の言葉が蘇《よみがえ》る。
燈子先輩は一見『完璧美人』に見えるけど……。
実はけっこう慌て者で、ちょっと抜けている所があって……。
クールに見えるけど、本当は凄《すご》く他人を思いやる人で……。
意外に少女趣味で可愛《かわい》い物が大好きだったりするんだけど、それを隠していて……。
鉄の意志を持っているようだけど、内心は繊細で傷つきやすい心を持った女の子。
俺がそこまで考えていた時だ。枕元のスマホが激しく振動した。
(もしかして燈子先輩？)
思わずそう期待してスマホを手に取るが……相手は一美《かずみ》さんだった。
「はい」
「一色《いっしき》君？　アタシだけどさ」
その声は若干怒気を含んでいるように聞こえた。
「今日、燈子に何を言ったの？」

（もう一美さんの耳に入っているのか）

俺はウンザリしながら答えた。

「別に何を言ったって、聞かれたから答えただけで……」

「何を言ったのよ」

一美さんは俺の返答など聞いていなかったかのように、同じ言葉を繰り返した。

「燈子先輩は、まだ初恋の相手だった家庭教師を好きなのかなって」

「はぁ？」一美さんは驚いたような声を出した。

なんだかレストランでの燈子先輩の反応に似ている気がする。

「そんな話、誰に聞いたんだ？」

「鴨倉《かもくら》さんから。この前、学食で会ったんです。その時に『燈子との仲は進展していないだろう。アイツが身体《からだ》を許さないのは、初恋の相手が忘れられないからだ』って言われて」

「あんのクズ男、そんな事を……」

一美さんが電話の向こうで、呆《あき》れたようにそう言った。

「一色君はそれを真に受けたって訳か？」

「真に受けた訳じゃありませんが、それだと『燈子先輩の一線を引いていた態度』の理由も付くなって」

「そりゃ燈子が怒るのも当然だわ。しかも鴨倉なんかの口車に乗せられて」

「でもそれだけじゃないんです。待ち合わせの時、燈子先輩がその家庭教師と電話している所を聞いてしまったんです」

「燈子が？　三条と電話？」

「はい。燈子先輩も凄く嬉《うれ》しそうに、親し気に話していました。あんな燈子先輩は今まで見た事がありませんでした」

「なんて間が悪い……そういう事だったのか」

しばらく沈黙が続いた。

「一色君は、それで燈子が三条にまだ気があると思って、好きかどうか聞いたってのか？」

「あれは俺も失言だったと思っています。燈子先輩は俺と付き合っている訳じゃないんだから、誰を好きだろうと関係ないですよね」

「そういう問題じゃない……」

一美さんはそこで一度言葉を切った。

「もしさ、燈子が『今日は一色君が告白してくれる事』を期待していたら、どうする？」

「そんな映画みたいに都合のいい話だったら、苦労しないんですけどね」

「君の自己肯定感の低さも相当なもんだな。これが元カノに浮気された事が原因なら、カレンは万死に値するな」

一美さんの疲れたようなタメ息が聞こえた。

「だいたいさ、燈子が好きなら過去の男なんて聞いてどうすんだよ。何のプラスにもならないだろ」

俺は沈黙するしかなかった。実際その通りだ。

「ともかく、すぐに燈子に連絡しろ。『今日はごめんなさい。本気じゃなかったんです』って。おそらく電話には出ないだろうから、メールを送るんだ」

「メール……ですか？」

「そうだ。あんまり長い文章は書く必要ない。いや、短く謝罪だけにしな。今の君だと書けば書くほど話をこじらせる」

「はぁ」

「燈子にはアタシの方から話しておいてやる。それでも燈子の事だから簡単には機嫌が直らないだろうけど……あの子も一度機嫌を損ねると長いから……」

確かに、燈子先輩は一度へそを曲げるとけっこう長引く。

「ありがとうございます。でも一美さんは燈子先輩の親友ですよね？　どうして俺のためにそこまでしてくれるんですか？」

一美さんが燈子先輩のために動くのは解《わか》る。

でも俺のために燈子先輩を取りなしてくれるのは、ちょっとよく解らない。

「アンタら二人が見ていられないからだよ。いつまでもラブコメしてんじゃないって感じ。

じれったくなるんだ」

「そりゃ俺だって燈子先輩との仲を進展できるなら、そうしたいですよ」

「そう思っているんだろ？　だったらもっと自信を持て！　燈子と、そして自分を信じるんだ。前にも言ったよな？『時代が変わっても女の子は、告白とプロポーズだけは男の方からして貰いたい』んだって！」

「それはわかっているつもりですけど……」

「わかっているつもりでも、実践できてなかったら意味がないだろ」

そうだ、俺は別に燈子先輩を諦めた訳じゃない。

たとえ燈子先輩に初恋の人が居たからって、俺の燈子先輩への気持ちは変わらない。

一美さんの言う通り、ここは俺が腹を括《くく》るべき所のはずだ。

「明後日《あさって》には沖縄旅行だ。そこでしっかりと燈子の気持ちを捕まえるんだ。そして君は自信を持って自分の気持ちを正直に伝えろ」

「……頑張ります」

「相手の気持ちを思いやる事と、臆病でいる事を履き違えるなよ」

そう言って一美さんは電話を切った。

……そう言えば同じ事を、燈子先輩も言っていなかったか？

六　二人だけの沖縄観光

沖縄旅行の初日……。

予定の時間に空港に居たのは、俺と燈子《とうこ》先輩の二人だけだった。

「一美《かずみ》さん、まだ来ないんですかね？」

俺がそう尋ねると、燈子先輩は横目でチラッとだけ俺を見た。

「いまチャットを送ってみるわ」

そう言ってスマホに向かう。

（めっちゃ気まずいんだけど）

そんな彼女を見ながら、俺は静かに息を吐く。

一昨日《おととい》の夜、一美さんに後押しされた事もあって、俺は燈子先輩に謝罪のメールを送った。

予想通り、燈子先輩からの返事は無かったが。

そしてその状態のまま、沖縄旅行初日を迎えている。

燈子先輩は相変わらず機嫌が悪そうだ。

さっきから俺と目を合わそうとしない。

同じ場所にいるのに、微妙に距離も離れている。

そんな状態で二人だけでいるのは、かなり苦痛だ。

燈子先輩のオーラによる攻撃で、もうＳＡＮ値は半分以下まで削られている。

（一美さん、早く来てくれ～）

俺は心の中で叫んでいた。

やがて燈子先輩が再びスマホを手にする。

画面を見る彼女の眉根が寄った。

「どうしたんですか？」

恐る恐る俺が尋ねると、燈子先輩はスマホを見つめながら答えた。

「一美、今は来れないって」

「ええっ、どうしてですか？」

「別荘を調査するための資料が届いていないんだって。先方が送るのが遅れたらしいわ。それが届くのが今日の午後になるって言うの」

「じゃあどうするんですか？　肝心の一美さんがいないのに」

「一美は石田《いしだ》君と一緒に後から合流するって。だから先に行って欲しいって書いてある」

「でも別荘の鍵とかないですよね？」

「夜までには合流できるみたいよ。それに別荘の鍵は電子ロックらしいから、その暗証番号は聞いているし。元々日中は那覇《なは》周辺の観光の予定だったから影響ないでしょ」

そう言って燈子先輩は自分のキャリーバッグを手にした。

「仕方ないわ。私たちはＬＣＣで変更可能時間は過ぎてしまっているし……もうチェックインの時間よ。行きましょう」

「はぁ……」

俺も仕方なく自分のスポーツバッグを手にした。

燈子先輩は既に先に歩き出している。

俺は小走りに彼女を追いかけた。

「あの、荷物、持ちますよ」

「けっこうよ。自分の荷物くらい自分で持てるわ」

燈子先輩は俺を見向きもせずに、そう答えた。

やれやれ、なんだか初っ端《しょぱな》から憂鬱な出だしになってしまった。

飛行機の中でも、燈子先輩はずっと無言だ。

隣同士の席なのに、雑誌を見ているか窓の外を見ているかで、俺の方には顔を向けない。

「話しかけるな」というオーラがムンムンと伝わって来る。

（あ～あ、こんな沖縄旅行じゃなかったはずなのに……）

俺は思わず心の中でボヤいた。

燈子先輩と一緒に雑誌でも見ながらどの観光名所を巡るか話し合ったり、どんな食事をするか二人で悩んだり……互いに冗談とか言いながらも楽しく笑い合って……。

それで上手《うま》くいい雰囲気になって……告白する流れに出来れば……。

俺は手元のボディバッグにそっと触れた。

中には誕生日に渡せなかったプレゼントのネックレスが入っている。

（こんな調子で、渡せるかな、コレ）

ついそんな弱気の虫が顔を覗《のぞ》かせる。

……これは一色《いっしき》君にとってチャンスなんだ……

最初にこの旅行に誘ってくれた時の、一美さんの言葉が思い浮かぶ。

（そうだ、弱気になっていちゃダメだ。なんとか燈子先輩の機嫌を直して貰《もら》って、このネックレスを渡すようにしなきゃ）

まずはそれがこの旅行における、俺の第一ミッションになるだろう。

正午前には那覇空港に到着した。

成田から約三時間。国内線の割に長いなと感じた。

俺にとっては初めての沖縄だ。

「那覇空港って、地方空港なのにずいぶんと立派なんですね」

そう言いながら空港を見渡す。

地方空港ってあまり行った事がないが、それでも那覇空港はかなり大きい事は解る。

「那覇空港は国際空港だからね。利用者数も羽田空港を入れてもベスト5くらいに入っていたと思うわ」

燈子先輩の言う通りだ。

フライト情報ボードを見ると、国内線以外にもかなりの数の国際線が見て取れる。

そのほとんどが中国・台湾からの路線だ。

「ここでレンタカーを借りますか？」

俺がそう尋ねると燈子先輩は首を左右にした。

「今日は首里城《しゅりじょう》周辺と那覇の中心街を回るだけでしょ。だったら『ゆいレール』を使った方がいいわよ」

『ゆいレール』とは沖縄都市モノレールの愛称だ。那覇空港から那覇市街・首里城を通って琉球《りゅうきゅう》大学手前の『てだこ浦西《うらにし》駅』まで行くらしい。

それぐらいは俺も事前に調べているが……。

「でも別荘があるのは沖縄本島の中部ですよね？　それならレンタカーじゃないと行きに

くいんじゃないですか？」

全長が十七キロのゆいレールでは、とてもじゃないが沖縄本島中部まで行けない。

バスはあるが、最初からレンタカーの方が便利だろう。

「那覇市内は渋滞が多いのよ。だから今日の所はゆいレールの方が都合がいいわ。それにレンタカーはおそらく一美が借りると思うから。四人で二台も要らないでしょ」

沖縄に関して俺は全くの初心者だ。ここは燈子先輩の意見に従う方がいいだろう。

「わかりました」

俺たち二人は、ゆいレールの一日乗り放題キップを購入した。

列車はすぐに来た。時刻表を見ると朝夕の通勤時間帯は五分間隔、日中でも十分間隔で運行しているようなので、これなら今日の移動には困らないだろう。

ゆいレールは観光用としても人気が高いらしい。

高い所を走るモノレールは、眺望も良く観光には最適だ。

ただ……相変わらず燈子先輩が仏頂面だ。

ムスッとした感じで外を見ている。

今日はまだ燈子先輩の笑顔を見ていない。

（こんな調子で丸一日不機嫌にされていたら、たまらないな）

俺は石田と一美さんが、早く来てくれる事を願った。

（そう言えば一美さんは『燈子にはアタシの方から話しておいてやる』と言っていたけど、いったい何を話したんだろう）

その点も俺は少し不安だった。


首里駅に着いた。

「着きました、降りましょう」

俺がそう声を掛けると、燈子先輩は黙ってキャリーバッグを手にする。

駅のコインロッカーに荷物を預け、俺たちは首里城公園に向かった。

「首里城って今は再建中なんですよね」

「そうね。ただ首里城って何度も焼失しているの。この前まであった首里城も戦後、それも平成になってから再建されたものだしね」

「あれ、首里城って世界遺産ですよね？　それなのに再建？」

「世界遺産なのは首里城跡よ。再建された首里城は入っていないわ」

「残念だったな。真っ赤な首里城は写真映えすると思っていたのに」

「本来の首里城が全体赤だったかは不明なのよ。一説によると瓦の色は灰色だったそうよ」

「それならなぜパンフの首里城は全体が赤なんですか？　確か瓦も赤でしたよ」

「さあ、おそらく観光用のためじゃないかしら？」

そんな話をしながら首里城へ向かう。

燈子先輩の話し方がまだ少し冷たい感じがするが、朝よりは柔らかくなってきたかな？

火事にあった正殿は見られなかったが、そこに続く門は立派だ。

一通り首里城を回った後、隣の玉陵に向かう。ここはかつての琉球王朝の王族の墓だ。

「このギョクリョウって王族の墓だけあって、首里城より遺跡っぽいですよね？」

「ギョクリョウ？」

燈子先輩が「えっ」という顔で俺を見る。

一瞬だけ考えるような顔をして、吹き出すように笑い出した。

「ここは玉陵と書いて『たまうどぅん』って読むのよ」

「たまうどん？」

どうやったらそう読めるのか？

燈子先輩はまだ笑っている。

「そんなに笑わなくてもいいじゃないですか。普通に読んだらギョクリョウですよ。『たまうどん』の方が変な読み方だと思いますけどね」

「その『たまうどん』って言うのも止《や》めて。なんだか玉子入りウドンみたい」

そう言ってさらに笑った。

馬鹿にされているみたいで気分が悪い。

燈子先輩はひとしきり笑った後で、涙を拭いながら言った。

「この玉陵は玉御殿という漢字も当てるらしいの。これは私の推測だけど、御殿が『ごうでん』になって『うどぅん』に変化したんじゃないかしら？」

強引なこじつけのような気もするが、俺はそれに反論する気は無かった。

何よりもこの事で燈子先輩の機嫌が少しでも直ったなら、それでいいだろう。

ひとしきり首里城公園周辺を見てから、南側に延びる金城町石畳道《きんじょうちょういしだたみみち》に向かう。

ここも有名な観光名所だ。

ただ古い石畳の道なため、ゴツゴツしていて少々歩きにくい。

その上、夜の間に雨が降っていたのか滑りやすくなっている。

「コッチが『首里金城の大アカギ』ってなっているわ。行ってみましょう」

「なんですか、その『首里金城の大アカギ』って」

「樹齢二百年以上になるご神木だそうよ。有名なパワースポットなの」

行ってみるとそこだけ熱帯のジャングルのように、鬱蒼《うっそう》と茂った樹々《きぎ》に囲まれていた。

パワースポットというだけあって、静かで不思議な雰囲気がある。

目指す大アカギはその奥に立っていて、近くには内金城嶽《うちかなぐすくたき》という石壁のようなものがあった。石壁の中央には鉄格子がはまっている。

「この内金城嶽は、東側が大嶽《うふたき》、西側が小嶽《こたき》と言って、鬼退治の伝説が残っているの」

「へぇ～、どんな伝説なんですか？」

すると燈子先輩はなぜか恥ずかしそうな顔をした。

「ま、まぁそれは、後で自分で調べてみて」

燈子先輩がそう言って踵《きびす》を返した時だ。

「キャッ！」

そう言って急に後ずさったかと思うと、そのまま転んでしまった。

「どうしたんですか！」

俺が助け起こそうとすると、燈子先輩は震えるように前方を指さした。

「へ、へビ、へビ！　あ、あそこに……」

見ると燈子先輩が指さした方向に、一匹の茶色に黒い模様の大きなヘビがいた。

けっこうな大きさだ。一メートル以上はあるんじゃないか？

「ハ、ハブかもしれない……」

燈子先輩が震え声でそう言う。

ヘビはゆっくりとこちらの方に進んでくる。

俺はそのヘビを観察した。

次に手近な木の枝を拾って「シッ、シッ」とヘビを追い払う。

「い、一色君。危ないよ、嚙《か》まれたら……」

燈子先輩が、俺の腕にしがみつきながら言った。

「大丈夫、これはたぶんハブじゃなくて無毒のアカマタです。ほら頭の部分のウロコが大きいですよね。頭の部分のエラも張って無いし、体の模様もハブより大柄です」

俺はそう説明した。

沖縄に来るんだから、ハブについてはしっかり事前に勉強しておいた。

さすがに体の模様だけで判断できる自信はないが、まず間違いないだろう。

ヘビは少し頭を持ち上げて、どうしようか迷っているような様子に見えたが、やがて反対側の繁《しげ》みに消えて行った。

「大丈夫ですか？」

俺が燈子先輩を支えて立ち上がろうとした時だ。

「うっ」

燈子先輩が小さく呻《うめ》いて顔をしかめた。

「どうしました？」

「足が……捻挫したみたい」

どうやら後ずさった時に、木の根に足を引っかけて転んだらしい。

「歩けますか？」

「うん、そんなにひどい捻挫じゃないと思うから。少し休めば……」

だがこの鬱蒼とした森の中で休むのはどうだろうか。

座る所もないし、またヘビが出て来るかもしれない。

「このすぐ下に休憩所みたいのがあるって、ガイドに出ていましたよね。そこで休みましょう。そこまでは俺が背負って行きます」

「え、いいよ、そんな。自分で歩けるし」

「捻挫した時はしばらく動かさない方がいいです。無理すると余計に酷《ひど》くなりますから」

俺はそう言ってしゃがむと、燈子先輩に背中を向けた。

「ん……それじゃあ……」

燈子先輩は俺の背中に身体《からだ》を預けた。

そのまま立ち上がる。

「私、重くない？」

燈子先輩が不安そうに聞いた。

「平気です。むしろ思っていたより全然軽いです」

これは本心からそう思った。女性ってやっぱり軽いんだなって。

この程度なら石畳の道でも、数百メートルくらいは楽勝だろう。

だがその答えは、燈子先輩にとって不満だったらしい。

「思っていたより軽いって、私はもっと太っていると思っていたの？」

「い、いえ、そんな意味じゃないです。ただ純粋に軽いと思っただけですよ」

焦ってそう答える。ここでまた機嫌が悪くなられたらたまらない。

「重いようだったら降りるけど」

「本当に気にしないで下さい。このぐらいは重い内に入りません」

そもそも休憩所は、ここを出ればすぐそこだ。

それと……二人とも薄着のため、燈子先輩の豊かなバストが背中に感じられる。

これは思わぬ役得だ。

俺は「休憩所がもっと遠くならいいのに」と思いながら石畳の道を歩いた。

「一色君って見た目は華奢《きゃしゃ》なのに、こうしているとけっこうガッシリしているんだね」

「俺、見た目はそんなに華奢ですか？」

「うん、なんか線が細い感じだし」

「これでも高校時代はバスケで、それなりに鍛えていたんですけどね。今でも筋トレはしているし」

「あ、悪い意味じゃないよ。やっぱり男の子なんだなって思って」

（……燈子先輩の身体も、温かくて柔らかくてしなやかで……）

「男の人にこんな風に背負ってもらうなんて、初めてだから……」

その言葉を聞いて、俺は急に恥ずかしくなった。

顔を伏せるようにして、歩き続ける。

休憩所は『金城村屋《かなぐしくむらやー》』といって本来は地域の人の集会所らしいが、一般の観光客にも開放されている。いかにも沖縄の民家といった風情のある建物だ。

縁側に燈子先輩を座らせると、俺はボディバッグから湿布薬を取り出した。

「準備がいいのね」

「バスケ部だったんで、よく突き指や捻挫もありましたから。それで遠出する時は湿布薬を持って行くクセがついたんです」

俺はそう言いながら、燈子先輩の捻挫した右足首に湿布薬を貼る。

「ありがとう。今日の一色君はちょっと頼もしいかも……」

そう言われると俺としても照れてしまう。そんなに大した事はしてないし。

「でも普段冷静な燈子先輩でも、あんなに慌てる事があるんですね」

照れ隠しにそう言ったのが、またもや地雷だった。

「それは当然でしょ。だってあんな場所で突然ヘビが出てきたら、誰だって驚くわよ」

ムッとした感じでそう答える。

俺は慌てて取りなした。

「いや、まぁそうですけど。燈子先輩ならハブと他のヘビの違いくらい、わかっていると思ったんで」

「ヘビなんて、そんなにじっくり見てられないわよ！　そういう一色君は苦手な物ってないの？」

「俺ですか？　う〜ん、ナメクジとかヒルとか苦手ですけど」

するとと燈子先輩が考えるような顔をして、目を細めた。

「あれ。そう言えば背負ってもらった時、一色君の頭に何かついていたような……」

「えっ？」

「ちょっと後ろ見せて」

そう言われて、俺は燈子先輩に背中を向ける。

「あ、そうだ。やっぱりこれ、山ヒルだ。首の後ろに吸い付いている」

燈子先輩にそう言われると、首筋が何やらモゾモゾした。

「え、ウソ！　マジで⁉　と、取って下さい！」

俺は思わず悲鳴を上げた。

「ゴメン、私もさすがにヒルを直接手で触るのは嫌かな」

「うわっ、うわっ、うわっ！」

俺は急いで立ち上がると、必死になって首の後ろを払った。

雨が降った後で、木の上からヒルが落ちて来たのだろうか？

一生懸命に首の後ろを払うが、ヒルが落ちて来ない。

（もしかして既にヒルが服の中に入ったか？）

Tシャツをめくり上げてさらに確認する。

だがヒルは落ちて来なかった。身体にも見える所にヒルはいない。

横を見ると、燈子先輩が身体を曲げて笑いを堪《こら》えている。

まさか……。

「アハハハ、嘘《うそ》、嘘だよ。ヒルなんていないよ。私がくすぐっただけ！」

燈子先輩は自分の長い髪を、右手で摘《つ》まんで動かしてみせた。

「髪の毛で首の後ろをコショコショしてみたの。まさかそんなに慌てるなんて……」

そう言って笑い続ける燈子先輩を、俺は睨《にら》んだ。

「冗談にしては、ちょっとタチが悪くないですか？」

「ゴメンね。でも一色君がヘビの事で私にイジワルを言うから、お返ししようと思って
……これでアイコね」

（これでアイコね、じゃないだろう）

俺はまだムッとしながらも、燈子先輩の隣に座った。

そんな俺の耳元で彼女が囁《ささや》く。

「でも、慌てる一色君も可愛《かわい》かったよ」

思わず黙り込んでしまう。

そんな風に言われたら、これ以上は怒れない。

ふと空を見上げると、急激に雲が増えてきている。

そのまま暗くなって来たと思ったら、あっと言う間に激しい雨となった。

スコールだろうか。

「雨になっちゃったね。ここでしばらく雨宿りするしかないかな」

燈子先輩が呟《つぶや》くようにそう言う。

俺と燈子先輩は、縁側に腰掛けたまま並んで雨を見ていた。

何か、時間がゆったりと流れている気がする。

いまこの金城村屋には、俺たち以外には誰もいない。

周囲にも人の姿はなかった。

俺と燈子先輩だけが、別の空間に包まれているような気がする。

すごく安心できる、ずっとこのままでいたい……なんだかそんな気分だ。

(今ならプレゼントを渡せるチャンスかな？)

そう思ったが、唐突に「これ、誕生日のプレゼントです」と言って差し出すのも変だろう。

(なにか誕生日に繋《つな》がるうまい話題はないか？)

俺は雨を見ながら言葉を探した。

しかしちょうどいい話題が浮かんでこない。

そんな中で、燈子先輩が先に口を開いた。

「ねえ一色君、茹《ゆ》でガエルの話って知っている？」

「茹でガエルですか？」

「そう。『カエルは、いきなり熱湯に入れると驚いて逃げ出すけど、常温の水に入れて徐々に水温を上げていくと逃げ出すタイミングを失い、最後には死んでしまう……』っていうお話」

その話なら聞いた事がある。ビジネス系の授業で教授が話していた。

確か『現状に甘んじて、危機から目を背ける会社員』を批判する比喩だ。

「その話なら知っています。でも実際にはカエルを熱湯に入れるとすぐに死んでしまうし、水から段々水温を上げていくと、ちゃんとカエルは逃げ出すんですよね」

すると燈子先輩はしみじみと口にした。

「そうだね。それにカエルには鍋の中の水が、熱湯か普通の水かわからないものね」

なにが言いたいんだろう……。

俺がそう問おうとした時、燈子先輩のスマホから着信音が流れた。

燈子先輩はスマホを開くと、驚きの声を上げた。

「東京、天候が荒れていて飛行機が大幅に遅れているんだって！」

「えっ！」

その時、俺のスマホも着信音が鳴った。

手に取ると石田からのメッセージだ。

やはり「荒天のため羽田から出る飛行機が遅れている」という内容だった。

「もしかしたら今日は行けないかもしれない、って一美は言っている」

確かに台風が接近していたが、日本には直撃しないという予報だったのに。

「大丈夫ですかね。一美さんがいなくて。今朝は『別荘の鍵は電子ロックで、暗証番号は聞いているから平気』って話でしたけど」

「場所もわかっているけど……一美がいないのに勝手に別荘に入るのもね……」

燈子先輩は戸惑うような顔をした。

（ん……でも、もしそうなったら、今夜は燈子先輩と二人っきり……）

思わず心臓がドキンと跳ねる感じがした。

ホテルを取るなら別々の部屋とも考えられるが、別荘なら……。

（いや、別荘だって部屋は元々別々なんだから、変な期待をする事もないか）

「雨、上がりそうだね」

そう言って燈子先輩が空を見上げる。

通り雨だったらしく、既に雨は小降りになり雲の切れ間から陽《ひ》が射《さ》している。

「もうすぐ夕方だし、とりあえず那覇市街地の方へ行こうか？」

燈子先輩のその言葉で、空想から戻った俺は慌てて頷《うなず》いた。


雨が完全に止《や》むのを待って、俺たちは金城村屋を出た。

再び俺は背負おうと思ったのだが、「駅に行くのに恥ずかしいから」と断られてしまった。「じゃあタクシーを呼びましょう」と提案したが、それも「休んだから平気」と言う。

そこで俺が手を取りながら歩いたが、燈子先輩の言う通り捻挫は大した事なさそうだ。

再び首里駅からゆいレールに乗り、牧志《まきし》駅で降りる。

そこから一直線に国際通りを歩く。ここが那覇のメインストリートだ。

街並みも本州とは、どことなく違うような気がする。

ブラブラと国際通りのお店を見ながら歩いていると、燈子先輩が一軒の雑貨屋の前で立ち止まった。どうやら何かのキャラクターらしい。

「これはなんですかね？」

俺が尋ねると、店に並んでいた小物の一つを指さした。

「シーサーだよ。可愛くない？」

「え、これがシーサー？」

俺の頭の中には、狛犬《こまいぬ》みたいな顔をしたシーサーしかなかった。

「お土産用に可愛くデフォルメされているんだね。一つ買って行こうかな」

正直な所、俺はあまり可愛いとは思わなかったが、燈子先輩との思い出になるかな。

「そうですね、俺も記念に一つ」

「せっかくだから、お互いに相手のを選んで交換するってどう？」

「俺は燈子先輩のシーサーを選ぶって事ですか？」

「そう。ソッチの方が思い出になるでしょ」

(こういう所、けっこう子供っぽいよな)

俺は少し可笑《おか》しくなりながら「わかりました」と答えてシーサーの置物に目を向ける。

「ちゃんと私に合ったのを選んでよ」

そう言いながら燈子先輩も棚に目を走らせていた。俺も相手に解《わか》らないように選ぶ。

俺も燈子先輩も、それぞれ選んだシーサーを買って店を出た。

「じゃあ交換しよう。ハイ、これが一色君の！」

「ハイ、これが燈子先輩の！」

そう言って二人で、買ったシーサーを袋ごと交換する。

袋を開けてみると……。

「「あっ」」

二人同時に声を上げた。

俺たちが選んだのは、互いにペアとなっているシーサーだったのだ。

口を開けている青のシーサーと、口を閉じているピンクのシーサー。

どちらも笑顔で尻尾にハートが付いている。

「二人とも同じペアのシーサーを選んでいたんだね」

「そうですね。でもなんか良かったって気がします」

「そうだね。このシーサーたちも一緒になれて喜んでいるよ、きっと」

俺と燈子先輩は互いに顔を見合わせて笑った。

なんかちょっと幸せな気分だ。

笑っていたら途中で、急に腹が「グ～」と鳴った。

考えてみると、朝に軽く食事しただけで何も食べていない。

俺の腹の音に気づいたのだろう。

「そう言えばお腹空《なかす》いたね。一美たちはいつ来れるかわからないし、先にご飯食べようか？」

と燈子先輩が言った。

「そうですね、その方が良さそうです」

「一色君は何が食べたい？」

「特に希望はありませんが、出来れば沖縄らしいモノを食べたいですね……」

「ステーキ、ハンバーガー、沖縄そば……色々あるけど、ここまで来たら第一牧志公設市場に行ってみない？　沖縄でしか食べられない珍しい海産物が一杯あるんだって」

第一牧志公設市場は有名だ。俺も行ってみたいと思っていた。

「いいですね。そこは一階の市場で食材を選んで、二階で調理して食べさせてくれるんですよね？」

「そうね。『持ち上げ』って言うらしいけど。じゃあ市場にしましょうか。沖縄そばはまだ食べるチャンスもあるだろうし」

そうして俺たちは第一牧志公設市場に行った。

一階は市場と言うだけあって、様々な食材が並んでいる。

肉も単に豚肉だけではなく、ミミガーや豚の顔の皮であるチラガー、そして豚足がゴロゴロと並べられている。ヤギ肉も塊や足一本が丸ごとで吊《つ》るされていた。

魚も色とりどりと言えば聞こえがいいが、原色のド派手な色のオンパレードだ。

本州の地味な色の魚に慣れている身としては「これ、食えるのかな？」と不安になってしまう。

「一色君は何がいい？」

燈子先輩がそう聞いたが、俺が普段食べる魚なんてマグロ、カツオ、ハマチ、鮭《さけ》、サンマ、アジとかそんなものだ。こんな原色の魚なんて、どれが美味《おい》しいか解らない。

「燈子先輩に任せます」

少なくとも俺よりは詳しいに違いない。

燈子先輩は、イラブチャーと呼ばれるブダイ、ミーバイと呼ばれる魚、グルクンと呼ばれる魚、そしてフグの仲間のハリセンボンに夜光貝を選んだ。

注文したら指定した二階の食堂に向かう。

しばらくすると、下の市場で選んだ魚が調理されて出て来た。

イラブチャー・ミーバイ・夜光貝の刺身、ミーバイのあんかけ、ハリセンボンとグルクンの唐揚げ、それらの魚のアラ汁などだ。

どれも想像以上に美味しかった。

南の海の魚は大味だと聞いていたが、そんな事はない。

「下で見た時はどんな味か不安でしたけど、美味しいですね」

「そうね。こんな原色の魚なんて、東京じゃまず食べないもんね」

「ここで食事は正解でしたね。やっぱり旅先ではその土地のモノを食べないと」

「なんでも経験だね」

「そうですね、そう言えば欧米人は『日本人がタコを食べるのが信じられない』って言うんですよね」

「逆に日本人は江戸時代まで、牛を食べるなんて考えられなかったしね」

「でもナマコとかホヤとか、最初に食べた人は凄《すご》いなって思いますけど」

「一色君は何事も慎重そうだもんね。原始時代でも初めての物は食べなそう」

そう言った後で、燈子先輩は何かを思い出すような素振りをした。

「どうかしたんですか？」

「ん〜、一色君、今からクイズを出すね」

「え、クイズ？」

ずいぶんと唐突だなと思う。

「前にスキー旅行に行った時に、君は私に心理テストをやってくれたでしょ？　だから今度は私の番」

「やっぱり心理テストですか？」

「ううん、違うよ。ちゃんとした問題。確か海外の大学の試験問題か何かだったと思うんだけど」

「そんな問題に、この場で答えられますか？」

「大丈夫。専門知識や計算を使うような問題じゃないから」

「はぁ」

「じゃあ行くよ。気圧計一つでビルの高さを測るには、どうすればいいか？」

「気圧計ですか？」

俺はしばらく考えた。答えの一つはすぐに思い浮かんだが、燈子先輩の事だ。そんな簡単な答えではないような気がした。

「この問題の答えは一つではないわ。それから正解を求める問題でもない。だから好きなように答えてもいいわよ」

とするとこの問題は「富士山を動かすにはどうするか？」というようなフェルミ推定か。答えそのものよりも、論理的思考力を試す問題だ。

それならまずは一般的な答えをぶつけてみるのが、一つの手かもしれない。

「じゃあ一番簡単な答えから。一階と屋上とで気圧を測り、その差からビルの高さを求める」

「一般的な答えね。その方法だと高層ビルなら高さを測れるけど、五階くらいのビルだとわからないわよね？　それに天候が変化したらやっぱり測れないいんじゃない？」

そういう返答が返って来る事は予想していた。

問題はここからどう解決の糸口を見つけるかだ。

だがその時はそれ以外のアイデアが思い浮かばなかった。

「今すぐに答えなくてもいいわ。この旅行中に答えを出してくれれば」

燈子先輩はそう言って、謎めいた笑顔を向けた。

彼女はいったい、どんな答えを期待しているのだろうか？

七　別荘で、最初の夜に

食事が終わり頃になって、再び一美《かずみ》さんから連絡が入る。

「今日は沖縄には行けないかもしれない。先に別荘に行ってくれ」

という事だ。さすがに燈子《とうこ》先輩も戸惑ったような顔をした。

「仕方ないわね。少し早いけど、別荘に向かいましょうか。一度空港に戻ってレンタカーを借りた方がいいし」

そういう訳で俺たちはゆいレールに乗って空港まで戻り、そこでレンタカーを借りる事にした。空港の方がレンタカー会社を選べるからだ。

レンタカーを借りた俺たちは、沖縄自動車道を使って恩納村《おんなそん》へ向かった。

ハンドルは燈子先輩が握る。街路灯に照らされる彼女の顔からは表情を読み取れない。

そんな横顔を見ながら俺は思った。

（燈子先輩、俺と二人きりで夜を過ごすのに……どう思っているんだろう？）

俺の方は「一美さんたちが来れないかもしれない」と聞いてから、心臓がドキドキなんだけど……。

（それとも俺を男として見ていない？）

以前に「弟みたい」と言われた事を思い出した。

それに釣られて、またもや『燈子先輩の初恋の相手』の事が脳裏を過《よぎ》る。

俺は頭を振って、その考えを振り払った。

途中、高速を降りた辺りから、再び雨が降り出してくる。

市街地から少し離れた海沿いに、目的の別荘はあるらしい。

「ここだわ」

ドライブレコーダーに登録した住所から、燈子先輩は一軒の別荘の前に車を停《と》めた。

「同じような建物が並んでいますね」

敷地ごとの塀などはない。一軒一軒が離れていて、建物もアメリカの住宅のようだ。

そして意外な事に、夏休み中なのに他の建物にはあまり人がいる気配がない。

「販売会社が一括して開発した別荘地なんでしょうね。管理もまとめて同じ会社に委託しているみたいだし」

燈子先輩と一緒に車を降りる。

雨はかなり強くなってきた。風も出ている。

彼女はスマホを見ながら、別荘の前に建てられた番号札を確認した。

「うん、間違いない」

そう言うと玄関ドアにある電子ロックに暗証番号を入力した。

ブブッ、という警告音がして、燈子先輩が「あれ？　開かない」と声を漏らした。

（まさか暗証番号が間違っていたとか、そんな事ないだろうな）

俺は少し不安になる。もし鍵が開かなかったら、どこかホテルがある所まで戻らねばならない。この時間からすぐに泊まれるかも疑問だ。

やがてジー、カチャ、という音がして開錠され、ドアが開いた。

ホッとした。燈子先輩も何気に動揺しているんだろうか？

中に入ると玄関の正面に、リビングへ続く廊下がある。

リビングはダイニング・キッチンが一続きになり、かなり広い。

二階まで吹き抜けとなっていて開放感もある。

「二階は二部屋しかないみたいね。そこが寝室みたい」

「じゃあ一階はこの部屋以外、バスルームとトイレだけですね」

「そうね、後は外に物置が併設されているみたいだけど。とりあえず荷物を置きましょうか」

燈子先輩はそう言ってキャリーバッグを手にした。

「一色《いっしき》君は二階の手前の部屋を使って。私は奥側を使うから」

そう言って二階に上がっていく。

(そりゃそうだよな。ここで同じ部屋とはならないよな)

納得しつつも半分ガッカリしながら、俺も二階の部屋に荷物を置いた。

すぐにリビングに戻ると、座り心地のいい豪華なL字形ソファに身体を預ける。

(やっぱ金って、ある所にはあるんだな)

そんな風に思っていたら、燈子先輩が降りて来た。

彼女も部屋に荷物を置いただけで、着替えてはいない。

俺とはちょうど一人分ほどの座席を開けて、ソファに腰掛ける。

「テレビはないんですね」

俺がそう言うと燈子先輩はスマホを手にした。

「そうね。意外と別荘にテレビを置かないって人は多いのよね。自然のままを楽しむとか、普段は家族との時間を取れないから、別荘くらいは家族団らんを味わいたいとか」

さすが金持ち。一般庶民とは感覚が違う。

「でもＷｉ－Ｆｉは繋《つな》がるみたいよ」

それなら問題ない。俺もテレビよりはネットを多く見る方だ。

「明日も一美さん達が来れなかったら、何をしましょうか？」

俺は窓の外を見た。雨と風はだいぶ強くなってきているようだ。

「さすがにそれはないと思うけど……この近辺で何があるか調べてみるね」

燈子先輩がそう言ってスマホを操作する。

「恩納村は有名なビーチリゾートだから、ちょっと行くと色んなマリン・アクティビティがあるみたいよ。ダイビング、シーカヤック、SUP（スタンドアップ・パドル・ボード）」

「あ〜、みんなが来たら、その辺はやってみたいですね」

「一美はお金がかかる事は嫌がるかもね。割とサイフの紐《ひも》が固いから……あら？」

「どうかしました？」

「これ、もしかしてここの別荘の事かな？」

燈子先輩はそう言って、俺にスマホを見せた。

俺も近寄ってスマホを覗《のぞ》き込むと、そこにはこんな記事が載っていた。


【沖縄県O村「見えない殺人者」別荘地一家惨殺事件】

沖縄本島の中部に位置するO村。ここは近年リゾート地として注目されている。

だが数年前、ここの別荘で凄惨な一家惨殺事件があった。

あるオーナー社長が家族四人でこの別荘で休暇中に、何者かに襲われたのだ。

犯人は凶器に大型のバールと、薪《まき》割り用の斧《おの》を使ったと思われる。

まず一階にいた長男の頭部を斧で一撃。

次に二階寝室にいた社長夫婦を、バールで滅多打《めった》ちにして縛り上げた。

その間に逃げようとした長女を発見。

犯人は長女を捕まえた上、夫婦の目の前で絞殺したと思われる。

その後に犯人は、夫婦を斧とバールで痛めつけた上で殺害した。

この犯人の残忍な手口から、警察は社長夫婦に強い怨恨を持つ者と考えて捜査しているが、未《いま》だに犯人は見つかっていない。

事件後、しばらく経《た》って別荘は売りに出されたが、中々買い手が付かなかった。

そこで破格の値段で売りに出された所、購入希望の夫婦が現れた。

夫婦は体験宿泊を申し出て、この別荘に一泊した。

翌日、約束の時間になっても出てこないので管理人が別荘を訪れると、妻は絞殺、夫は包丁でめった刺しにされて殺害されていた。


そのサイトに出ている写真を見ると、背景や別荘の番号が書かれた札がモザイクになっているが、確かに俺たちが今いる別荘に似ている。

「まさか……」

俺はそう答えたが、写真を見る限り「絶対に違う」とは言えない。

「一美が言っていたのよ。ここを買ったオーナー社長も、格安だから決めたって」

「この記事だけじゃ断定できないですよ。他も検索してみましょう」

そこで類似キーワードでいくつか検索をかけてみる。

けっこうな本数で『別荘地一家惨殺事件』のページがヒットした。

その中のいくつかでは現場写真として、やはりこの別荘らしい写真が載せられている。

俺はその中の一つで『沖縄県の都市伝説』のページを開いてみた。

『惨殺された一家の霊が出る』だの『犯人は人間ではない』だの、色んなトンデモ推理が並んでいる。

だがその中で一つ、気になる書き込みがあった。

『事件現場となった別荘は、壁に手形の血の染み、床にY字形の血の染みがある』

と言うのだ。

その直後、なぜかスマホが圏外になった。

「ネットも使えなくなったみたいですね」

俺のスマホを覗き込んでいた燈子先輩が、前方の壁を指さす。

「あそこにある壁の染み、あれが手形の染みっぽくない？」

燈子先輩が指さした先を見ると……確かに微妙な楕円形《だえんけい》の染みがあった。

大きさは確かに手のひらぐらいだが、手形と言うほどではない。

「そう言えばそう見る事も出来ますが。でも血の痕にしては色が薄いと思います」

「それは不動産屋だって別荘を売り出す時に、血の痕なんかそのままにしておかないでしょう。キレイに清掃するんじゃない？」

「あれは掃除しきれなかった残りって事ですか？」

「そういう可能性もあるって事よ」

「じゃあ床のY字形の染みっていうのは？」

「あるかもしれないけど、カーペットが敷いてあるからわからないわ。ソッチはキレイに掃除されたのかもしれないし」

「もしかして燈子先輩、怖いんですか？」

俺はちょっと意外だった。

理性的で論理思考の燈子先輩が、こんなB級ホラー話を怖がるなんて。

ヘビが苦手に続いて、こういう怪談っぽいのもダメなんだろうか？

しかし俺のその言葉に、燈子先輩はムッとしたようだ。

「別に怖いって程じゃないわ！　それはもしココが本当に事件現場だったら、気味が悪いけど……」

「でもこの話が事実だったら、検索結果に新聞記事とかが出るはずですよ」

俺がそう言うと、燈子先輩はホッとしたような顔をする。

「それもそうね」
そう言って彼女は、胸元をパタパタと手のひらで扇《あお》いだ。
俺もなんとなく蒸し暑さを感じた。
今日はかなり歩いたので汗をかいている。
俺も身体がベトつく感じがして不快だった。
「あの、燈子先輩。良かったら先にシャワーを浴びて来たらどうですか?」
さすがに女性を差し置いて、「俺が先にシャワーを浴びる」とは言えない。
燈子先輩は一瞬考えるような素振りを見せたが、
「ありがとう。それじゃあお先に」と言って立ち上がった。
一度寝室に行ってから、バスタオルなどを抱えてバスルームに入る。
俺はその間、圏外になったスマホで今日撮った写真を眺めていた。
とりあえず燈子先輩との仲は回復できただろう。
でもあんまり喜んでもいられない。この関係を一歩前に進める事がこの旅行の目的だ。
ふと視線を窓の外に向ける。
天気も酷《ひど》くなる一方だ。今は雷雨となっている。
遠くから聞こえる雷の音が、段々と近づいて来る。
(この様子だと、羽田から飛行機が飛び立てても、沖縄がダメかもしれないな)

窓の外を見ながら、そんな事をボンヤリ考える。
（もしこのまま、今夜は一美さんも石田《いしだ》も来なかったら……）
俺と燈子先輩の二人っきり。
さっきはネットの記事を見て、燈子先輩はけっこう怖がっているみたいだった。
もしかしてこの後、燈子先輩が「怖いから一緒に寝て」とか言ってくれたら……。
（いやいや、あり得ないだろ、それ）
俺は自分で自分の妄想に可笑《おか》しくなった。
それよりも今が燈子先輩に誕生日プレゼントを渡す、絶好のチャンスじゃないか？
結局、日中に渡す事は出来なかったが、今なら二人っきりだ。
燈子先輩も周囲の目を気にする事なく、受け取れるだろう。
（そうだ、そうしよう。燈子先輩が風呂から出たら渡せばいい）
そう思ってソファから立ち上がった時だ。
閃光《せんこう》と共に激しい雷鳴が轟《とどろ》いた。
その直後、フッと電気が消えた。
慌てて周囲を見渡すと、窓の外の街灯の灯《あか》りも消えている。
別荘の中も、そして外も真っ暗だ。
（この地域一帯が停電になったのか？　さっきの雷が落ちたんだろうか）

これでは二階にあるボディバッグを取りに行くのも難しい。
それに燈子先輩の事も気になる。
とは言え、入浴中のバスルームに入っていく訳にはいかない。
風がゴウゴウと鳴っている。
時折バサバサッと木の枝が激しく音を立てた。
出来る事もないので、俺はただ窓の外の荒れる風景をボンヤリ見ていた。
どのくらい時間が経っただろうか？
ガタン、という、それまでと違う音がした。
（なんだ？）
自分の手もハッキリと見えないような暗闇の中、俺は思わず上体を起こした。
風の音に混じって、女の声が聞こえたような気がする。
さすがに薄気味悪くなってきた時だ。
「キャア――――ッツ！」
バスルームから悲鳴が聞こえた。
「燈子先輩⁉」
俺は思わず立ち上がった。
バスルームに向かおうとして、思いっきり足をテーブルに打ち付けてしまう。

それでも俺は痛みを無視して、暗闇の中をバスルームに向かった。

バスルームの手前には脱衣所がある。

そこには鍵がかかっていなかった。

「燈子先輩！」

俺は叫んでドアを開くと、中から誰かがぶつかって来た。

「燈子先輩？」

「一色君！」

俺は思わず彼女の身体を抱きしめるように摑《つか》んだ。

「どうしたんですか、一体？」

暗闇でほとんど何も見えないが、彼女の身体は濡《ぬ》れていた。

そして胴体にはバスタオルが巻かれているようだ。

急ぐあまりに脱衣所にある着替えを探す間も無かったらしい。

「バスルームの窓の外に……人の頭が……」

「本当ですか？」

俺は彼女の肩を抱いたまま、バスルームのドアを開けた。

見るとバスルームの窓はけっこう高い位置にある。外からなら建物の基礎の高さがある
から、二メートル近い身長がないと、あの窓から覗けないいんじゃないか？

「いったんリビングに戻りましょう。着替えはあるんですよね？」

「それが……慌てて脱衣カゴを倒してしまって……下だけは穿《は》いたんだけど、他はどこにあるのかわからないの」

勝手が解《わか》らない中、この真っ暗闇じゃ服を探すのは無理そうだ。

「じゃあ部屋に戻って新しい服を取って来た方が早そうですね」

俺はそう言って、燈子先輩の肩を抱いたまま、慎重にリビングに戻った。

今になってさっきぶつけた足がジンジンと痛みだす。

「この辺にテーブルがあるはずですから、ぶつからないように気を付けて下さい」

そう言った時だ。

燈子先輩が正面の窓ガラスを指さした。

「あ、アレ……」

真っ暗な脱衣所から戻ったせいか、外が若干明るく見える。

そのため、窓ガラスに何かがあるのが解った。

近づいて確かめてみると、それは……。

「これ、もしかしたら手形じゃないかしら？……」

俺も同じ事を思っていた。

大きな掃き出し窓のガラスに着いていたのは……手形だ。

水に濡れた手形が、ベタベタと沢山ついている。
「これって、誰かがココに来て……部屋の中を覗《のぞ》こうとしたって事？」
燈子先輩が脅《おび》えたようにそう言った。
（誰だ、一体？）
一美さんが来たのなら、こんな風に中を覗き見る事はないはずだ。
俺も思わず身体に緊張が走る。
再び雷光が光った。
庭の端に人影のようなものが映った。
「！」
燈子先輩にも見えたのか？
彼女が俺の服をしっかりと掴んだ。
……まさか、本当に殺人鬼が？
（そんな事がある訳ない！）
頭ではそう考えつつも、暗闇のせいで恐怖が心に沁《し》み込むように広がっていく。
燈子先輩も同じなのだろう。さっきから俺にしがみついたままだ。
彼女の肩を掴んだ俺の腕にも力が入る。
俺たちは暗闇の中で、互いに身を寄せ合いながらじっとしていた。

しばらくして……。

ガチャガチャガチャ
玄関の方で何か音がする。

誰かがドアを開けようとしている？

「玄関の方で……音が……」

燈子先輩が小さい声でそう呟《つぶや》いた。

「風の音……ではないですね」

「ヤダ……怖い……」

燈子先輩がさらに強く、俺にしがみついてくる。

「ここって電子ロックですよね？　停電中にドアが開くんですか？」

俺がそう尋ねると、燈子先輩が震えるような声で答えた。

「鍵でも開くって一美が言っていた。だからもし合鍵があれば……」

そういう事か……もし犯人が合鍵を持っているとしたら、中に入って来れるのか。

（燈子先輩だけは、何があっても絶対に守らなければ……何か武器はないか？）

俺はテーブルの上を手で探った。

だが武器になるような物は……ない。

代わりにレンタカーのキーが見つかる。

俺は燈子先輩を抱き寄せたまま、ソファの陰に隠れた。

「燈子先輩、もし誰かが入ってきたら、俺が相手をします。その隙に燈子先輩は窓から逃げて下さい」

そう言って彼女にレンタカーのキーを手渡す。

「でも……一色君はどうするの？」

「俺の事はいいです。ともかく燈子先輩が逃げられるようにします。まずは車で逃げる事を考えて……」

「一色君、そんな……」

燈子先輩が、身体全体で俺に抱き着いてくる。

それで俺は、彼女がパンティにバスタオルのみの姿だった事を思い出す。

俺は手早く着ていたTシャツを脱いだ。

「とりあえずコレを着て。後はタイミングを見て……」

俺が燈子先輩にTシャツを手渡した時。

ガシャ、という玄関が開く音がした。

（誰かが、中に入って来る）

俺は身構えた。燈子先輩はその間に俺のTシャツを着る。

暗闇の中、誰かがリビングに向かって来る足音がする。

しかも複数だ。
(マズイ。複数相手に、俺は燈子先輩を逃がす事ができるか?)
だが……やらなければならない。
俺はどんな事をしてでも、燈子先輩だけは守る。
カチャ、リビングのドアが開く音がする。
俺が飛び掛かろうと、体を丸めると……。
「ダメ!」
燈子先輩が小声で歯を食いしばるように言い、またもや俺に抱き着く。
これでは飛び出せない。
俺は燈子先輩の肩を押さえた。
その時、急に電気が点《つ》いた。
俺は侵入者の姿を確認する。
相手も俺を見た。
「……そこで、何をやっているんだ?」
その相手、一美さんが驚いたように口にした。
そしてその後ろには、なぜか明華《めいか》ちゃんとカレンがいた。

にぼし

八　部屋割りババ抜き

「なるほど、そういうわけか」

一美《かずみ》さんが頷《うなず》いた。

電気が点いた時、俺は上半身裸、燈子《とうこ》先輩に至ってはTシャツとパンティのみという姿で、二人でソファの陰に隠れていたのだ。

そんな状況を怪しんだ一美さん達に、俺は今までの経緯を説明した所だ。

服を着替えた燈子先輩は相当に恥ずかしかったらしく、さっきから赤い顔をして小さくなっている。なんだか可哀《かわい》そうだ。

そして一美さんは納得したが、他の二名は違うらしい。

明華《めいか》ちゃんはブスッとした顔で横を向いたまま、一言も喋《しゃべ》らない。

時折、俺に非難するような目を向けてくる。

カレンの方は「本当かな〜、どう見てもイタシちゃった後に見えるんだけど」とニヤニヤ笑いを浮かべている。

「だから何もしてないって言ってんだろ！　大体なんでカレンがココに居るんだよ！」

そう言ってカレンを睨《にら》む。

この部屋に入って来た時、明華ちゃんもカレンも全身ずぶ濡れだった。

そこで状況説明の前に、燈子先輩・明華ちゃん・カレンは服を着替えてきた。

そこに石田《いしだ》が合流して、これまでの状況説明を始めたのだ。

「カレンはね、ミス・ミューズのバイトでブライダル・フェアの撮影があって沖縄に来たの。撮影自体は明後日《あさって》からなんだけど、せっかくだから沖縄観光もしようと思って、二日くらい早めに来たんだ」

カレンは腕組みをして右手を立てて、軽く自慢げにそう答えた。

なるほど、モデルの仕事で沖縄に来たのか。それならなぜここに居る？

「じゃあ自分のホテルは取ってあるんだろ？　そこに泊まればいいじゃないか。なんでこの別荘に来た？」

「ついでにね、ネットで知り合った沖縄のお友達と遊ぶ約束をしたんだ。でもその人が写真と全然違っててね、超～オジサンだったの。あり得なくな～い？」

カレンは「な～い？」の語尾を上げて不満を強調する。

「要するにネットナンパした男が、会ってみたら好みと違ってたって話だろ？　だったら一人でホテルの部屋に居ればいいじゃないか」

「それがさぁ、ホテルもショボいビジネスホテルしか予約してくれなかったんだよ。その上、オッサンも部屋に押しかけて来そうだったしさ。慌てて逃げ出したら、ホテルのロビーでこの娘《こ》に声を掛けられたって訳」

そう言ってカレンは明華ちゃんを指さす。

つまり宿泊先も男に取らせていた訳ね、それで逃げ出して来たと。

「明華ちゃんは、どうしてココへ？」

「女のカンです」

明華ちゃんは横を向いたまま即答した。

「この前に勉強を教えてもらった時、私が優《ゆう》さんに夏休みの予定を聞いたら言葉を濁しましたよね。アレでピーンと来たんです。優さんは燈子さんと一緒に、どこかに出かけるつもりなんだって。それでお兄ちゃんの様子を探っていたら、沖縄に行くってわかりました」

それを聞いて俺は石田を見た。石田は口が軽い所がある。

しかし石田も驚いた様子で言った。

「オマエは予備校の合宿があるって言っていたじゃないか。それはどうしたんだよ」

「だからちゃんと来てるじゃない。沖縄が合宿先なの！」

そう言って明華ちゃんは、今度は俺を睨む。

「優さん達が沖縄に行くって聞いて、予備校の合宿先の一つが沖縄だった事を思い出したんです。それで申し込んでここに来た訳です」

「じゃあその合宿先から逃げ出して来たの？　それはマズイんじゃない？」

「大丈夫です。合宿の授業は今日までですから。それに予備校の先生には、沖縄で兄と合流するって最初から言ってあります」

（そこまでして？）

俺は明華ちゃんの行動力に驚いていた。

「それで明華ちゃんがいたホテルが、カレンの泊まる予定だったホテルなの。予備校の合宿先と一緒のホテルなんて酷《ひど》いでしょ？」

いや、別に酷くはないだろ、それは。

「カレンさんには私が声を掛けたんです。ミス・ミューズの決勝戦の時に、燈子さんの隣に居て準優勝した人だから覚えていました。カレンさんが居るなら、燈子さんも優さんも一緒に居るかと思って」

「それでカレンは、優くん達が沖縄の別荘に来ているって知ってね。一緒に泊めて貰《もら》おうかなって思ってここまで来たの」

そうカレンが後を続けた。

俺はカレンを一瞥《いちべつ》し、明華ちゃんに尋ねる。

「別荘の場所はどうやって知ったの？」

「ウチの親に聞きました。旅行する時は宿泊先を親に言っておくルールなので」

それなら仕方がないか。俺も親に行先くらいは言ってあるしな。

そう思っていたが、石田は片手を挙げて謝罪のポーズを見せた。

「ここまではバスで来ました。だけど別荘地の住所はわかっていたけど、どの建物かがわからなくって……それで人が居そうな建物を見て回ったんです」

「それじゃあ、さっきバスルームで覗《のぞ》いていたのは明華さんだったの？」

初めて燈子先輩が口を開く。まだ少し顔が赤い。

「覗いたって言うか……窓の位置が高かったんで、人が居るかどうかちょっと見てみただけです。でも電気が消えているから何も見えなくって」

「カレンはそこの窓から中を覗いてみたんだ。でもやっぱり暗くてわからなかった」

じゃあさっきの窓ガラスの手形はカレンだった訳だ。

でもそれ、普通に犯罪じゃないか？

そこに一美さんが続いた。

「丁度そこにアタシと石田君が到着したんだ。この辺り全部が停電しているのはわかったからね。石田君には裏の物置にある自家発電機のスイッチを入れて貰って、アタシたちは鍵で中に入ったんだ。そうしたらさっきみたいな場面に出くわしたっていう訳」

「ここに着く前に電話したんだけどさ、この一帯だけ電波が通じないらしくて」

そう石田が付け加える。

なるほど、長い話だったがようやく全貌が摑《つか》めた。

まだ恥ずかしそうな様子の燈子先輩に、一美さんが言った。

「燈子はけっこう怖がりだからな。そんな話を聞いて、停電の上で色んな事があったら、そりゃ怖くなるだろう」

「その『一家惨殺事件』って本当にあった話なんですか？」

俺はその点を聞いてみた。

「デタラメだよ。類似の事件があったのかもしれないが、少なくともこの別荘地にはそんな事件はない。別荘地の開発業者が途中で倒産して、しばらく放置状態だったんだ。それで色んな噂《うわさ》が流れただけだよ」

やっぱり、そんな所か。

するとカレンが嬉《うれ》しそうに別荘を見渡しながら言った。

「でもイイ別荘ですね、ココ。海も近いし建物もキレイでお洒落《しゃれ》だし。こんな別荘で過ごすの、カレン夢だったんだ！」

コイツ、何を勝手に決めているんだ？　あつかましい。

「カレン、ここには泊まれないぞ。部屋は二つ、ベッドは四つしかないんだからな」

するとカレンは目を丸くして俺を見た。

「ひっど～い！　こんな大雨の中、カレンに帰れって言うの？」

「雨は収まりつつあるだろう。車で送ってやるよ」

「さっき言ったでしょ。ホテルにはカレンを襲うかもしれない男がいるんだよ！」

「それは自業自得だろうが」

カレンは両拳を顎に当てて、目をウルウルさせながら言った。

「カレン、優君と一緒にいたいの。カレンにとって優君がどれほど大切な存在か、今になってわかったから……ここで出会ったのも、神様がもう一度くれたチャンスだと思うの」

「大切なのは俺じゃなくて泊まる所だろ？　神様がくれたチャンスっていうのも、豪華別荘に泊まれるチャンスって意味か？」

「信じてくれないの？」

「この期に及んで、それを言えるオマエってスゲーな」

そんなカレンを燈子先輩は呆《あき》れ顔で、明華ちゃんは不審者を見る目で見ていた。

口を開いたのは明華ちゃんだ。

「ずいぶん親しそうに話していますけど、カレンさんは優さんとどんな関係なんですか？」

それに答えたのは石田だ。

「カレンちゃんは優の元カノなんだよ。去年の夏からクリスマス・イブまで付き合っていたんだ。色々あって別れたんだけどね」

それを聞いた明華ちゃんの目が、驚きで丸く見開かれた。

「それって、優さんのサークルの先輩と浮気していた、アノ女⁉」

「あ、まぁ、そうなるかな」

明華ちゃんがキッとカレンを睨む。

「私を騙《だま》していたんですね！」

それに対してカレンは平然と答える。

「騙してなんかないよぉ～。話さないといけなかった？」

明華ちゃんが赤い顔をして頰《ほお》を膨らませる。

カレンが嘲笑《あざわら》うように言った。

「明華ちゃんと話していて、すぐに優くんが好きだってわかったから。アソコでアタシを敵視されても困るしね～」

「ううう」

明華ちゃんがさらに強くカレンを睨む。

そんな明華ちゃんを尻目に、カレンが俺に言った。

「カレンを帰すっていう事は、明華ちゃんも追い返すって事だよね？」

「うっ……」

俺は言葉に詰まる。

「まさかカレンは追い返すけど、明華ちゃんは泊めてあげるなんてエコ贔屓《ひいき》はしないよね？　優くんはそんな酷い男じゃないよね？」

「……明華ちゃんは石田の妹だし……高校生だから一人でホテルに泊まるのは……」

「みんな、今の聞きました？　いくら何でも、それは酷すぎると思いません？」

カレンはここぞとばかりに、みんなに同意を求める。

一美さんも燈子先輩も、石田までもが複雑な顔をしている。

な、なんか雰囲気的に俺が悪者になっていないか？

やがて一美さんがタメ息をつきながら言った。

「仕方がない。今夜はもう遅いし、外はこの雨だ。二人ともここに泊まるしかないだろう」

「さっすが一美さん！　話がわかりますね！」

くっそ～……だが一美さんがＯＫを出した以上、俺が反対するのは筋違いだ。

「でも泊まる部屋はどうするんですか？　部屋は二つ、それにベッドも各部屋二つずつしかありませんよ」

俺の最後の抵抗だったんだが、カレンは何でもないようにそれに答えた。

「あ～ら、カレンは優くんと一緒のベッドでもいいですよぉ。明華ちゃんもお兄さんと一緒で問題ないでしょ？」

「えっ！」

「なっ！」

「はぁ？」

燈子先輩、明華ちゃん、俺がほぼ同時に声を上げた。

「だぁ～って、ベッドは二つしかないんでしょ？　仕方ないじゃない。優くん、久しぶりにカレンが一緒に寝てあげるネ！」

カレンの奴《やつ》、これ見よがしに揶揄《からか》っているな。

燈子先輩がテーブルを叩《たた》いて立ち上がる。

「そんなのダメ！　絶対にダメです！」

「燈子先輩、何を勘違いしてるんですか？　ただ一緒のベッドで寝るだけですよ？」

「でもそんな……男女が一緒のベッドで寝るなんて……」

そう言った燈子先輩を、カレンが面白そうに見る。

「え～、何を今さら。カレンと優くんの間に、何もなかったとでも思っているんですか？

燈子先輩、いくつですかぁ～？」

「な、なにを言っているの！　高校生の前で！」

「高校生だってこれぐらいの事、当然知ってますよ。何ならお二人にも教えてあげましょうか？　カレンと優くんの思い出の夜について」

「お、おまえ！　何を言って！」

「一色《いっしき》君！　こんな事を言わせておいていいの！」

燈子先輩の怒りの矛先が、突然コッチに向いた。

明華ちゃんも、俺を不潔な物でも見るような目で見ている。

その状況に俺だけではなく、石田までがオロオロしている。

「ハイハイ、そこまで！」

一美さんが両手をパンパンと打ち鳴らした。

「カレンと明華ちゃんで二階のもう一つの寝室を使う。一色君と石田君はこのリビングのソファで寝る。それでいいだろ？　この時期だから布団なんて要らないし」

みんなが一美さんを見る。

確かに、それしか方法はないだろう。

「じゃあ一色君と石田君は悪いけど部屋の荷物を出して、カレンと明華ちゃんに明け渡して。あと食事はみんな済んでいるんだよね？」

一美さんがそう言って話を締める。

カレンが勝ち誇るような顔を、明華ちゃんは不満のやり場がない顔をしていた。

そして燈子先輩は……またもや不機嫌な目で俺を見ていた。

初日はみんな疲れていたせいか、風呂を出ると早々に寝る事になった。

俺と石田は二人でソファに横になる。

ソファはL字形でかなり大きなものだったので、男二人で寝ても苦にならない。

電気を消してしばらくした頃、石田が問いかけて来た。

「今日は燈子先輩とどうだったんだ？」

「最初はまだ怒っているっぽかったけど……とりあえず仲直りは出来たんじゃないかな、って思っている。プレゼントは渡せなかったけど」

「優は謝ったのか？」

「いや、別に謝るとかそんな事は無かったよ。燈子先輩が捻挫した事なんかもあって、普通に話す事ができた」

「そうか、良かったな」

「だけど途中で変な問題を出されてさ」

「どんな問題だ？」

「気圧計でビルの高さを測るにはどうすればいいかって問題」

「なぞなぞか？」

「いや、ちゃんとした問題らしい。フェルミ推定問題じゃないかと思っている」

「燈子先輩はなぜそんな問題を？」

「わからない。それで『この旅行中に答えを出せばいい』って言っていた」

「なんか意味深な言い方だな。その前にはどんな会話をしていたんだ？　そこにヒントがありそうだけど」

「食べ物の話だった。地域や文化によって食べられる物が違うとか……そう言えば『一色君は原始時代でも初めての物は食べなそう』って言われた」

「食べ物の話？　じゃあ関係ないのかもな」

「でも何かを考えているみたいだったよ。あの燈子先輩だから、あまり無意味な事は言わないと思うんだけど」

「そうかもしれないな。だけど優、この旅行中のミッションを忘れるなよ」

「もちろん覚えているよ。『燈子先輩との距離を縮める』だろ」

「またそんな事を言っている」

石田が呆れたように言った。

「今回のミッションは『燈子先輩に告白する』だ。『距離を縮める』なんて曖昧な目標じゃダメなんだよ」

俺は沈黙した。

そりゃ俺だって燈子先輩がＯＫしてくれるなら、すぐに告白したい。

だけど実際にそれを言い出せる状況となると……。

「優、今までだって十分に二人の距離を縮めるイベントはあっただろ？　もう踏ん切りをつける時なんだよ。どれだけ距離を縮めたって、最後の一歩を踏み出せないままじゃ何の意味もない」

「……」

「たとえ告白に失敗しても、今の優と燈子先輩の関係は変わらないと思うぞ。むしろこのままズルズル行く方が、いつか関係が壊れる日が来ると思う。茹《ゆ》でガエルだよな」

茹でガエル……燈子先輩も同じことを言っていた。

だがその口調は……俺を非難するような言い方ではなかったが。

「わかった。ありがとう。俺もこの旅行で腹を決めるよ」

「俺に出来る事があれば協力するよ」

こうして俺たちの沖縄旅行初日の夜は更けていった。

九　沖縄ビーチ・パラダイス

輝く太陽、抜けるような青空と爽やかなマリンブルーの海、そして白い砂浜。

「これこそ沖縄だよなぁ」

俺が口にしようとした事を、一足先に石田《いしだ》が言った。

別荘から徒歩で降りられる海岸は適度に人が居た。これぐらいが丁度いい。

湘南《しょうなん》みたいにレジャーシートを広げるスペースもないくらい人が多いのは落ち着かないし、逆にまったく人気が無い海というのも何かあった時に怖い。

「家族連れも多いけど、若い女の子もけっこういるよな。いやぁ眼福、眼福」

「オッサンみたいな事を言うなよ」

俺が苦笑してそう言うと、後ろから「優《ゆう》さん」と声を掛けられた。

振り返ると明華《めいか》ちゃんだ。

彼女は淡いピンクに、胸と腰の部分にレースフリルが付いたビキニを着ていた。

「優さん、私の水着、可愛《かわい》いですか？」

明華ちゃんは少し恥ずかしそうに、手を後ろで組んで身体《からだ》を軽く捩《よじ》る。

その度に胸と腰の部分のフリルがヒラヒラと揺れ動いた。

「うん、可愛いよ。とっても！」

明華ちゃんは顔を赤らめて「エヘヘ」と可愛く笑った。

そんな俺たちを見て、石田がタメ息をつく。

いや、解《わか》っているよ、石田。だけどここで冷たい態度は取れないだろ。

「優くぅ～ん！」

ゲッ、この甘ったるい感じの声！

そう思う間も無く、カレンが俺の腕にかじりついて来た。

「一緒に海なんて久しぶりだね！」

「おい、カレン！」

「去年の夏は二人で海もプールも行ったもんね！　カレン、今年も優くんと一緒に海に来れて嬉《うれ》しいな！」

そう言って、カレンは胸を押し付けるようにしてくる。

ちなみにカレンは、肩紐《かたひも》がないタイプのレインボーカラーのビキニだ。

バストは伸縮性のあるフワフワした腹巻みたいなヤツで覆われている。

「フザけんな。俺はオマエと一緒で一ミリも嬉しくないよ」

「しかも今年はこんなキレイな沖縄の海なんて！　やっぱり優くんとカレンの赤い糸は、

切れていないのかもしれないネ！」

そんな俺とカレンを、明華ちゃんが非難するような目で見ている。

いや、非難どころじゃない。

刀を持っていたら、即座に切り殺されそうな目だ。

「オマエとの赤い糸なんてあってたまるか！　いいから離れろ！」

俺が強引に腕を引き抜こうとした時、カレンが俺の耳元で囁《ささや》いた。

「あんまりアタシを邪険にしない方がいいよ。アンタは燈子《とうこ》の前で、アタシにベタつかれたくないんでしょ？　燈子ってけっこう嫉妬深そうだからね」

俺はカレンを見た。カレンが意地悪そうな笑みを浮かべる。

「アタシだって別にアンタに未練がある訳じゃない。今夜まではこの別荘に泊めて欲しいだけ。明日には撮影があるから、アタシもソッチのホテルに行くからさ。それまで黙ってアタシがここに居られるように協力して欲しいのよ」

「カレンが一美《かずみ》さんの別荘に居られるように協力する？」

「そ！　今さら自腹でホテルを取るのも癪《しやく》だしさ。この別荘はお洒落《しやれ》で居心地もいいし。だから明日の朝までアタシが別荘に居られるように協力する事」

「俺がオマエに居て欲しくないのはわかっているんだろう？」

「だからと言って昨夜みたいに妨害すれば、アタシもアンタと燈子との仲を妨害してやるからね。とりあえずアタシとの初Hの話でも、みんなに聞かせてあげようか？」

俺は顔色が青ざめるのを感じた。

「おい、それはやめろ！」

「だったらアンタもアタシの要求を聞き入れるんだね。そうすればお互い問題なしのハッピー&ハッピーじゃない」

俺はしばらく考えた。だがここで燈子先輩の不興を買うような事は避けたい。

「わかったよ。少なくとも妨害はしない」

「妨害しないだけじゃなくて、協力するんだよ。わかった？」

「ちょっと、なに優さんにまとわりついているんですか！」

明華ちゃんが俺とカレンの間に楔《くさび》を打つように、グイと入り込んで来た。

そしてカレンの腕をもぎ放す。

「カレンさんは、浮気して優さんにフラれたんでしょ？　今さら彼女面なんて厚かましいにも程があります！」

だがそんな明華ちゃんの言い方は、カレンのプライドに火を着けたようだ。

「そりゃ大学生だもん。彼氏以外に一度や二度の浮気ぐらい、あっても不思議じゃないでしょ？　人生は長くてもモテる時期は短いかもしれないじゃない。昔の人も言っているでしょ。『命短し恋せよ乙女』って」

「その言葉、そんな意味で使うんじゃないですよね？　彼氏がいるのに浮気、しかも彼女持ちの男となんてあり得ないです！」

「明華ちゃんにはまだわからないかもね。その背伸びしたお子ちゃまビキニで、誘惑したつもりくらいが関の山かな？」

「お子ちゃまビキニですって!!」

明華ちゃんが顔を真っ赤にしている。

「マズイな、これは。明華も本気で怒っている。どうやらカレンちゃんとは徹底的に相性が悪そうだ」

石田が俺にそう耳打ちする。

「カレンさんは私の事を言えるんですか？　膨張色と横縞《よこじま》で誤魔化《ごまか》しているけど、そこまで胸があるように見えないんですけど！」

それを聞いてカレンも明らかに顔色が変わる。

「少なくとも明華ちゃんよりはあるでしょ。アタシの心配より自分の心配をしたら？　サイズが合わなくって、ビキニのトップスが水中で外れないようにね！」

「そこまで見栄《みえ》張ってません！」

「おいおい、何を大声で騒いでいるんだ？」

そこに現れたのは一美さんだ。

一美さんはそのスレンダーで引き締まった身体を、白い紐ビキニで隠している。

布面積が少なくて、彼女の軽く割れた腹筋が下腹部まで見えている。

一美さんもスタイルがいい事は解っていたが、こうして水着姿になるとさらにグッとくる。女性が理想とするモデル体型だ。

そして一美さんの後ろにいるのは燈子先輩だ。

燈子先輩はトロピカルな花柄のビキニで、同じ柄のパレオを腰に巻いていた。

上半身にはパーカータイプのラッシュガードを羽織っている。

だがその見事なバストは……開いたラッシュガードの前から飛び出している。

むしろラッシュガードを羽織っているから、余計にバストの突き出し具合が強調されているようだ。

それを見たカレンと明華ちゃんは、一瞬で言葉を失った。

二人の目が点になる。

「……この話はここでは止《や》めようか」とカレン。

「……そうですね。なんか虚《むな》しさを感じました」と明華ちゃん。

それを見て石田が「ククク」と小声で笑う。

「二人とも、燈子先輩の前では『不毛な争い』だって気づいたみたいだな」

俺も黙って頷《うなず》く。全くその通りだ。

『高尾山《たかおさん》と筑波山《つくばさん》のどっちが高い？』と言い争っていたら、いきなりエベレストが現れたようなもんだからな。


「燈子、悪いけど背中に日焼け止め塗って」

一美さんが燈子先輩にそう声を掛ける。

「わかった。その後で私にもお願い」

燈子先輩が手にした日焼け止めクリームを一美さんの背中に塗っていく。

するといつの間に近寄っていたのか、カレンが俺に甘えた声で言った。

「ねぇ、優くん。カレンにも日焼け止めを塗ってくれる？」

そう言って背中を向けると、流し目を作って俺を見る。

（コイツ、絶対に燈子先輩に対する挑発だな）

「なんでだよ。自分で塗ればいいだろ」

するとカレンはさらに甘えた感じで付け加えた。

「え〜、だって去年は優くん、ちゃんと塗ってくれたじゃない。カレン、とっても気持ち良かったんだ〜。だから今年もオ・ネ・ガ・イ！」

「バ、バカッ！　オマエ、何を言って」

思わず俺は横目で燈子先輩の様子を確認する。

案の定、冷たい目で俺を見ていた。

ちっくしょう。これはきっと『協力しないと、もっと酷《ひど》い目に合わすぞ』という、カレン流の警告だろう。

「私が塗ってあげますよ、カレンさん！」

俺とカレンの間に身体をねじ込むようにして入ってきた明華ちゃんが、断固とした口調でそう言った。

「えっ？」

驚いたような顔で振り返ったカレンに対し、明華ちゃんは既に日焼け止めクリームを手に取っていた。

「普段から部活で日焼け止めは塗り慣れていますから。任せて下さい」

そう言うと彼女は、何故《なぜ》か拳でグリグリと力を込めて、カレンの背中に日焼け止めクリームを塗り始めた。

「イダッ！　イダダダダ！　め、明華ちゃん、な、何で塗ってるのぉっ⁉」

「ちゃんと手で塗ってますよ。じっとして下さい。塗り残しがないように、肌に擦り込むように塗ってあげます！」

そう言って明華ちゃんは、さらに拳を背中にグリグリと押し付けながら、日焼け止めを塗っていく。

「イ、イ、イダイッ！　マジ痛い！　明華ちゃん、もう、もういいから！」

「まだ途中です！　最後までキッチリ塗ってあげますから！　我慢して下さい！」

「ひぃっ」

身体を弓反りにして痛がるカレン、これでもかと怒りを込めて拳で日焼け止めを塗る明華ちゃん。

明華ちゃん、グッド・ジョブだ！

そうして俺が二人から離れると、燈子先輩がそっと近寄って来た。

「今の内に、二人で海に出ようか？」

ちょっとイタズラっぽい笑顔で、囁く。

「ハイ！」

俺はフローティング・マットを抱えると、燈子先輩と一緒に海に走り出した。

「イダッ！　イダッ！　イダッ！　痛いってば！」

まだ悲鳴を上げ続けているカレンの声が背後に聞こえる。


二人で少し沖に出る。

恩名村《おんなそん》は東シナ海側にあるせいか、割と波が穏やかだ。

「ふうっ、久しぶりに泳いだから少し疲れちゃった」

そう言った燈子先輩に、俺は引っ張って来たフローティング・マットを叩《たた》いて見せた。

「ここに乗って下さい。少し休みましょう」

「一色《いっしき》君は休まなくていいの？」

「俺はマットに掴《つか》まっていれば大丈夫です」

「じゃあお言葉に甘えて」

浮かんでいるマットに水中から乗るのは難しいかと思って、俺はマットを押さえた。

だが燈子先輩は勢いをつけて身体を跳ね上げると、軽やかにマットの上に横になった。

ちょっと驚きだ。

「あ～、気持ちいいね」

「そうですね。天気もいいし、海もキレイだし」

燈子先輩が海の中を覗《のぞ》き込んだ。

「本当、キレイだね。下の方にあるサンゴがハッキリ見える。魚がいないかな？」

俺は左側にある岬の方を指さした。

「アッチの方がサンゴが多そうですよ。魚もいっぱいいるんじゃないでしょうか？」

「そうだね。行ってみようか？」

「燈子先輩はそのままマットに乗っていて大丈夫ですよ。俺が引っ張っていきますから」

俺は燈子先輩の乗ったフローティング・マットを引っ張って泳ぎ始める。

彼女は「ふふ、ラクチン」とご機嫌な表情だ。

百メートルほど移動すると、さっきよりは水深が浅いが、岩とサンゴが多い場所に辿《たど》り着いた。

「ココなら魚が見えるんじゃないでしょうか？」

燈子先輩が先ほどと同じく、マットの上から海の中を覗く。

「本当だ。サンゴの間を小さな魚が泳ぎまわっている。あれはスズメダイかな？」

「下の方にも色んなのがいますね。あれなんか、やけに派手な色だな」

「どれ？　どこにいるやつ？」

「ホラ、岩の上にいる、とくにゆっくり泳いでいるヤツです」

燈子先輩はさらに身を乗り出した。俺が指さした先を凝視する。

「アレは魚じゃないよ。ウミウシじゃないかな」

「ウミウシですか。そう言えば形が変ですね」

「うん、後ろからヒラヒラした花びらみたいのが出ているでしょ。あれはエラだから」

「あれがエラか。派手な色の上にあんなのが出ていると目立ちますよね。何の仲間なんだろ」

「ウミウシは巻貝の一種だよ。貝殻は退化してるの」

「え、じゃあナメクジと一緒？」

俺が嫌な顔をすると、燈子先輩が笑った。

「そう言えばナメクジが苦手なんだもんね。でもそんなに嫌がらなくてもいいんじゃない？　流氷の天使のクリオネだって、貝を失《な》くした巻貝の一種なんだから」

燈子先輩はそう言ってマットの上で頬杖《ほおづえ》をつくと、優しい目で俺を見た。

思いがけず近くに顔があってドキッとする。

「一色君は実は筋肉質なんだね。服を着ているとわからないけど」

燈子先輩がそう褒めてくれる。

俺は大学入試の後、鈍《なま》った身体を引き締めるため、けっこう筋トレに励んだのだ。

それは続けていたし、「沖縄に行く」と決まってからはより一層力を入れた。

「昨日、背負ってくれた時も思ったんだ。一色君の身体って固くて逞《たくま》しいんだなって」

燈子先輩が少し恥ずかしそうにそう言う。

いや、この距離で、しかもビキニ姿でそう言われると、俺まで恥ずかしくなるんだけど。

「燈子先輩は泳ぎも得意なんですね」

俺は照れ隠しにそう言った。さっきも俺と同等の速さでフォームもキレイだった。

燈子先輩は万能美女だとは思っていたが、それがスポーツにまで及ぶとは思っていなかった。

「私の事、運動音痴だと思っているでしょ？」

笑いながらも少し怒ったような顔を作って見せる。

「いや、運動音痴とは思っていません。でも泳ぐのも速いしスマートでした。高校時代は文芸部でしたよね？」

「そうだね。そう言えば一色君と初めて会ったのも図書室だったわね。私、文芸部部長と図書委員を兼任していたから」

「覚えていてくれたんですか？」

これは嬉《うれ》しい驚きだ。てっきり燈子先輩は、俺なんて眼中にないかと思っていた。

「うん。予約カードに書いた『一色』って名前が珍しかったからね」

（なんだ、そういう理由か）

俺は少しガッカリした……が、

「それに図書室に立っている姿が、何かとっても自然に感じたの。私と君しかいない図書室で、本棚の前で立っている一色君はとってもキレイに感じた……」

それを聞いて、俺は思わず恥ずかしくなった。

燈子先輩も言ってから気づいたのか、

「あ、別にそれで一色君をチェックしてたとか、そんなんじゃないからね！」

そう言って慌てて否定する。

（でも俺は、あの時から燈子先輩に惹《ひ》かれていたんだよな……今までずっと）

二人して押し黙ってしまう。

でも何故かその沈黙が心地良い。

そして二人の間に、何かが流れたような気がした。

（燈子先輩、俺……）

そう口にしようとした時だ。

「優さん！」

背後から大きな声で呼びかけられる。

振り返ると明華ちゃんだ。

呼んだ後で、明華ちゃんが全力で泳いでくる。

俺たちの所にたどり着いた時は、ハァハァと荒い息でフローティング・マットに摑まった。

「どうしたの、そんなに急いで？」

俺がそう聞くと、明華ちゃんは不満そうな目で俺を見た。

「だって、私がカレンさんに日焼け止めを塗っている間に、優さんと燈子さん、二人だけでどっか行っちゃうんだもん！　ズルイですよ！」

俺が何と返事をしようかと考えていると、燈子先輩が先に口を開いた。

「ごめんなさい。でもあのまま一色君をあそこに置いといたら、またカレンさんが何を言い出すかわからなかったから」

明華ちゃんは顎まで水に浸《つ》かりながら、口を尖《とが》らせる。

「でも二人だけってダメです。ズルイです。私だって……」

明華ちゃんがそう言いかけた時、燈子先輩が上半身を起こした。

「あれ、浜の方で一美が呼んでいるみたい。コッチに手を振っている」

そう言った後で俺を見た。

「一色君。一度浜に戻りましょう。明華さんが疲れたなら、このマットの上に乗ればいいわ」

そう言って燈子先輩はするりと海に入った。そのまま岸に向かって泳ぎ出す。

だが明華ちゃんはフローティング・マットには乗らず、変わらず仏頂面をしている。

俺が燈子先輩の後を追うように泳ぎ始めると、彼女も黙って後をついて来た。


岸に戻った俺たちに一美さんが明るい調子で呼びかけた。

「スイカ割りをやろう！　さっきそこでスイカを三つ買って来たから！」

準備がいい事に一美さんは両手に一本ずつ、頑丈そうな棒を持っていた。

ん……両手に一本ずつ？

「それはいいですけど、なんで二本も棒があるんですか？　一本あればいいでしょう」

すると一美さんがニカッと笑った。

「ただ単にスイカ割りをするんじゃ面白くないだろ？　ここは競争にするんだ」

「競争って、まさか目隠しして二人で同時にスイカ割りをするんですか？」

それは流石《さすが》に危ないだろ。

すると一美さんは大げさに右手を左右に振った。

「違う違う。『ぐるぐるバット』をして、スイカ割りをするんだよ」

ぐるぐるバットって、よくテレビのバラエティ番組でやっているアレか？

一美さんが棒を地面に立てると、そこに額をつけた。

「こうやってスタート地点で、棒に額をつけて二十回まわるんだ。それからスイカに向かって歩く」

そう言ってから上体を起こすと、棒で二十メートルほど先を指し示す。

「二人同時にスタートして、先にスイカを叩いた方が勝ちだ」

なるほど、目が回った状態でスイカ割りをすれば、足の速さは関係ないもんな。

「面白そ〜！」

真っ先に反応したのはカレンだ。

「でもそれだけじゃ物足りなくないですか？」

「物足りないか？」

「そうです。賞品があった方が盛り上がりません？　もしくは敗者に罰ゲームとか」

「じゃあこんなのはどうかしら？」

燈子先輩がスマホを持って前に出た。珍しくヤル気みたいだ。

「この近くの道の駅で『マンゴーマウンテンかき氷』っていうのがあるの。コレを食べてみたいって思っていたんだ」

みんなが差し出されたスマホを覗く。

山盛りのかき氷の上に角切りのマンゴーやパイナップル、さらにはパッション・フルーツのソースがたっぷりと掛けられていて、頂上にはアイスが乗っかっている。

これは美味《おい》しそうだ。

「いいですね、これにしましょう！」

カレンが歓声を上げる。

「そうだな。でも負けた方が奢《おご》るんじゃ可哀《かわい》そうだ。少し予算に余裕があるから、勝った三人にはお昼のデザートにコレをつける。それでいいかな、みんな？」

「「「「異議な～し！」」」」

みんなの声が揃《そろ》った。

「じゃあ対戦相手を決めよう。恨みっこや泣き言は無しだぞ」

みんなでグー・チョキ・パーで対戦相手を決める。

一美さんと石田、俺と燈子先輩、カレンと明華ちゃんだ。レースもこの順に行う。

俺が二十メートル先にスイカを置いた。

「ふっふっふ、この勝負、俺が貰《もら》いますよ。一美さん」

石田が棒でポンポンと自分の肩を叩《たた》きながら言った。

「ずいぶんと自信があるみたいだな。石田君」

「ふっ、まぁね。俺は高校時代ラグビー部っすから。こういうのは得意なんですよ」

？？？　ラグビーとぐるぐるバットに、何か関係があるのか？

「そこまで言うなら、アタシらはデザート以外に何かを賭けるか？」

「いいでしょう。賭ける対象は何にします？　一美さんの好きにしていいですよ」

「お〜し、じゃあ買った方は沖縄そばを奢ってもらう、でどうだ？」

「オッケーっす。これで一食分は浮いたな」

石田は余裕の笑みを浮かべた。

だが俺にはあの一美さんが、負けそうな事で勝負を持ち出すと思えないのだが。

燈子先輩がスタートの合図をする。

「じゃあ二人ともスタート位置について。よ〜い、スタート！」

石田と一美さんは地面に棒を立て、そこに額をつけて互いに回り始める。

二十回、先に回り終わったのは石田だった。

「おし！」

掛け声と共に棒を持って走り出そうとするが……スイカとは違う方向に向かっている。

その上、千鳥足ですぐに両手をついて転んでしまった。

「あ、あれ？」

その頃、一美さんも二十回を回り終わった。棒を持ってダッシュする。

そして驚いた事に、一美さんはほぼスイカに向かってまっすぐに走って行ったのだ。

（え、一美さん、なんであんなにまっすぐ走れるんだ？）

そう思っている内に「ボカッ」という音がして、一美さんがスイカを叩き割った。

一方、石田はまだスタート地点から十メートルも進んでいない所で尻もちをついていた。

そんな一美さんを見ながら、燈子先輩がクスッと笑う。

「さすが一美ね。小さい頃はバレエをやっていただけあるわ」

「「はっ？」」

俺と石田が、ほぼ同時に燈子先輩を振り向いた。

「一美は幼稚園から中学二年まで、バレエスクールに通っていたのよ。公演会にも何度か出ているわ」

悠々と戻って来た一美さんに石田が喚《わめ》く。

「一美さん、ズルイっすよ！」

一美さんは棒を燈子先輩に渡しながらニヤリと笑った。

「石田君はラグビーやっていて自信があったんだろ？　アタシはバレエをやっていて自信があった。それだけの事だ」

「くっそ～」

石田はまだふらつきながら、俺に棒を手渡す。

「敵を知り己を知れば百戦危うからず、ってヤツだな」

一美さんがカラカラと笑う。


第二戦は俺と燈子先輩だ。

「一色君、負けないからね！」

燈子先輩が闘志を燃やしている。

割と負けん気が強い人だからなぁ。

「よ～い、スタート！」

一美さんの掛け声と同時に、俺は時計回りに、燈子先輩は反時計回りに回り始めた。

二人が回り終わったのはほぼ同時だ。スイカに向かって走り出そうとする。

と、足がクニャリと曲がったような気がして、まっすぐに走れない。

地面自体もグルグルと回っているみたいだ。

これなら石田がさっき見当違いの方向に走って行ったのも仕方がない。

(逆に一美さんは、よくまっすぐに走れたな)

俺はどうしても身体が右に進んでしまう。

そして燈子先輩の方は……なんと俺の方に向かってフラフラ走って来る。

(そうか、俺と燈子先輩は逆向きに回転したから、互いに引き寄せ合うみたいに進んでしまうんだ)

頭の片隅で、妙に冷静にそんな事を考えてしまった。

二人ともスイカまであと数メートルの所でだ。

燈子先輩が吸い寄せられるように、俺に近寄って来る。

「あああ、一色君、来ないで！　来ないで！」

「いや、俺じゃなくって、燈子先輩が俺の方に近寄って来ているんです！」

俺は燈子先輩を避けようとした。だが足が思うように動かない。

それは燈子先輩も同じなのだろう。

「ああああ！」

彼女はそんな叫び声を上げたかと思うと、俺の進路を塞ぐようにぶつかって来た。

「ふぐっ」

燈子先輩の方が少し前に出ていたので、俺は彼女に押しつぶされるように砂の上に仰向《あおむ》けに倒れる。俺の顔はちょうど燈子先輩の胸の下だ。

（こ、この状況……）

だが燈子先輩はそれを意に介さず、棒を持った右手を伸ばした。

「……くっ」

ポコッ、という軽い音が聞こえた。どうやら辛うじてスイカに届いたみたいだ。

「やった！　私の勝ちだね！」

燈子先輩が俺の上で満足気にそう言う。

「ハイ、燈子先輩の勝ちです。だから俺の上からどいて貰えませんか？」

胸の下でモゴモゴとそう言った俺に、彼女はやっと気づいたようだ。

「ひゃっ！」

小さな悲鳴を上げると、ゴロリと転がって俺の上から慌てて移動した。

まぁラッキーと言えばラッキーなんだが。

ちなみに俺は最初から燈子先輩にデザートを譲る気だった。

そんなに一生懸命にならなくても良かったのに。

三回戦はカレンVS明華ちゃんだ。

今にも飛び出さんばかりのカレンに対して、明華ちゃんは腕を上げて身体を伸ばしている。どちらも本気モードだ。

「よ〜い、スタート！」

一美さんの合図と共に、二人は回り始めた。

先に回り終わったのはカレンだ。

なんか一〜二回少なかったような気もするが。

だがやはりカレンもまっすぐは走れない。

フラフラと方向修正をしながら千鳥足で進んでいく。

明華ちゃんもその後を追った。彼女は運動神経抜群だし、高校では陸上部だ。

もっともこのゲームのルールでは、その俊足も活《い》かせない。

しかしゴールまで四分の三の所で、明華ちゃんはカレンに追いついた。

明華ちゃんがカレンを抜き去ろうとする。

だがそのまま先に行かせるようなカレンではなかった。

ガシッと後ろから、明華ちゃんのビキニトップスの背中の紐《ひも》を摑《つか》んだのだ。

「ちょ、ちょっと！　なに摑んでるんですか！」

明華ちゃんが非難の声を上げる。

「いや〜、カレンも目が回っちゃってさ。手を伸ばした先にたまたま明華ちゃんのビキニがあっただけだから」

「ヤ、ヤダ！　ビキニが取れちゃう！　放して！　放して下さい！」

明華ちゃんが必死にビキニのトップスを押さえる。

「あれあれ〜、ビキニの紐が手に絡んじゃってる〜。ゴメンね〜」

カレンは見え見えの言い訳をしながら、明華ちゃんを前に行かせようとしない。

二人は絡んだまま前に進んだ。

「ヤッ！」

最後にカレンは明華ちゃんの水着を後ろに引っ張り、彼女が怯《ひる》んだ隙に反対の手で棒を突き出した。

ボコッとスイカを叩く音がした。

「やった〜！　カレンの勝ちぃ！」

そんなカレンを、明華ちゃんは胸を押さえながら睨《にら》みつけた。

「本ッ当にやる事が汚いですね！　この性悪浮気女！」

「ゴメンネ〜、でもコレは不幸な事故だから。それに相手に接触しちゃダメなんてルールはなかったでしょ。不用意に近づいて来た明華ちゃんも悪いんじゃないかな〜」

そんなカレンを、俺も、燈子先輩も、一美さんも呆《あき》れた目で見ていた。


その後、俺たち六人は昼食のために車に乗って移動する。

まずはハンバーガーショップに向かう。ネット上でも評判のいい有名な店だ。

ここでボリュームたっぷりのアメリカンなハンバーガーに舌鼓を打つ。

その後で道の駅（本当は市場らしい）に移動し、女子の待望のマンゴーマウンテンかき氷を注文する。

あまりに明華ちゃんが可哀《かわい》そうなので、彼女の分は俺が奢《おご》る事にした。

ちなみに俺と石田はハンバーガーで腹一杯なので、フルーツジュースだけだ。

テーブルが四人掛けのため、女子四人、俺と石田に分かれて座る。

「ん～、美味《おい》しい～」

一口食べて燈子先輩が幸せそうに言った。

「これは女子の気持ちを掴んでるよなぁ。マンゴーがどっさり乗っていて、パッション・フルーツのソースがたっぷり掛かっていて」

そう言った一美さんに明華ちゃんも笑顔で付け加える。

「裏側にはパイナップルも沢山入っているんですよ！　かき氷と一緒でシャキシャキしていて、とっても美味しいです！」

「本当～、幸せ感じる～」

そう言ったカレンを明華ちゃんがジト目で見る。

「卑怯《ひきょう》な手段を使ってゲットしたデザートでも、美味しく食べられるんですね！」

「だから、アレは不幸な事故だって。それに手段は味とは関係ないじゃん。明華ちゃんだって、今は美味しくかき氷を食べられて満足でしょ」

「い～え！　これは優さんが私の事を想《おも》って買ってくれたかき氷だから、ずっと美味しいんです！」

明華ちゃんが「べー」と舌を突き出す。

「おっと、言うね。じゃあ結果オーライって事で！」

そんな彼女たちを見ながら、俺は石田に言った。

「さっきあのハンバーガーを食べて、よくあんなデカイかき氷を食えるよなぁ」

「女子は『甘い物は別腹』って言うしな。それに彼女たちはこのためにセーブして、シンプルなハンバーガーを選んでいただろ」

石田の言う通り、俺たちがダブルバーガーを頼んだのに対し、女性陣は普通のハンバーガーだった。

「それにしても……」

俺は横目でカレンを見た。

「カレン、あれはやり過ぎだろ。高校生の女の子相手にさ」

「女子のスイーツに対する執念を甘く見ちゃダメだよ。明華だって家では、俺の分までデザートを食っているなんてしょっちゅうだ」

「それにしてもだな～」

「あの燈子先輩だって、オマエを下に敷いてそのままでも、手を伸ばして勝とうとしたんだ。不思議じゃないだろ？」

確かに。俺もアレは意外だった。たかがかき氷にそこまで執着するなんて。

ここは「女子ってそういうもの」と納得しておくべきか。

「ソコ、なにコソコソ話しているんだ？」

突然、一美さんが俺たちに注意を向けたらしい。

「いや、別に普通の会話ですよ」

「本当か？　アタシらの悪口じゃないだろうな」

「悪口なんて言ってないですよ」

「さっきさりげなくディスっているように聞こえたが？」

「一美さん、地獄耳っすね～」そう言ったのは石田だ。

「やっぱり言っていたんだな？」

俺は慌てた。

「いや、言ってないです。ホントに。ホントです」

一美さんは俺たちを横目で見て微《かす》かに笑った。

その横で燈子先輩はチラッとだけ俺を見る。

その微妙な感じの表情が気になった。

かき氷を食べ終わり、ビーチに戻った時だ。

「明華ちゃん、ちょっと女同士二人で話をしない？」

そう言ってカレンは明華ちゃんの肩を抱くようにして、少し離れた所に連れて行く。

「大丈夫かなぁ。あの二人だけにして……俺、行ってこようか？」

俺がそう言うと、石田は難しい顔をしながらもそれを止めた。

「とりあえず大喧嘩《おおげんか》にでもなったら止めるが……ここは女同士で話をした方がいいだろ。カレンちゃんにも何か考えがあるのかもしれないし」

石田の言う通り、五分としない内に二人は戻って来たが、その時には明華ちゃんも怒りを収めていた。それでもカレンを不信そうな目で見ていたが。


昼食後は予約していたSUP（スタンドアップ・パドル・ボード）の時間になった。

大き目のサーフボードの上に立ち、柄の長いパドルを漕《こ》いで進む。

俺はサーフィンをやった事がないのでボードの上に立てるか不安だったが、三十分ほどの練習で立つ事が出来た。波さえ無ければ、それほど難しくはないだろう。

石田、一美さん、明華ちゃんも同じような感じだ。

燈子先輩は膝立ちまではすぐに出来たが、完全に立つのは少し怖いようだ。

カレンも同じように膝立ちまでだった。

そんな俺たちを見て、インストラクターが声を掛ける。

「それではこれからクルージングに行きましょう。ゆっくり行きますから、後に付いてきて下さいね。無理そうだったら遠慮せず、すぐに私に言って下さい」

「あ〜ん、カレン、これ怖くて出来ないぃ〜」

カレンが大声で「無理アピール」をする。

「燈子せんぱぁ〜い、カレンと一緒に行ってくれますぅ？」

カレンはそう言って燈子先輩に泣きついた。

「え？　ええ。私も立つのは怖いから、一緒にゆっくりでいいけど……」

燈子先輩は少し困惑したような顔をする。

俺も意外だった。カレンが燈子先輩を頼るなんて……。

その後も、なぜか俺は明華ちゃんと一緒に居る時間が多かった。

俺が燈子先輩に話しかけようとすると、いつもカレンが燈子先輩のそばに居たからだ。

（カレンは燈子先輩をどっちかと言うと嫌っていたはずなのに……）

俺はそれを不自然に感じていた。

だが女子同士が仲良くしている中に、男が割って入るのは無粋だろう。

俺はモヤモヤを感じていたが、だからといって何かを言う事もなかった。

そんな感じで、夕方まで目一杯遊んだ俺たちは別荘に戻る。

全員がシャワーを浴び終わった頃、注文しておいたバーベキューの食材が届いた。

「おっしゃあ。それじゃあ庭でバーベキューと行くか。一色君、石田君、この食材を庭のテーブルに持って行って」

この別荘は庭にバーベキュー・グリルと、ガーデンテーブルのセットがあった。

一美さんにそう言われて、俺と石田は食材の入った発泡スチロールの箱を、庭にあるガーデンテーブルの上に出す。

用意してあった炭をバーベキュー・グリルに入れて火を起こす。

その頃には全員が庭に出揃《でそろ》っていた。

石田が食材の入った発泡スチロールの箱を開く。

「おお、すっげー豪勢じゃん！」

中にあったのは牛肉や豚肉の他に、沖縄ならではの魚や大きなエビ、そして夜光貝だ。

野菜も様々な種類が用意されている。

「本当、豪勢だな。これなら六人で食べても逆に余りそうなくらいだ」

カレンと明華ちゃんは予定外の参加のため、食材が足りないんじゃないかと俺は心配していたのだ。それに一美さんが答える。

「今朝の内に、食材を持って来てくれる業者に頼んでおいたんだよ。二名追加になったんで、六人分の食材で頼むって」

「すみません。明華の分は俺が払います」

そう言う石田に一美さんは右手をヒラヒラと振った。

「いいって、そんなの気にしなくて。元々父親からは多めにお金を貰《もら》って来ているから」

横にいたカレンが「やった！」と小さく声を上げた。

……おまえは少し遠慮して金出せよ。

顔をしかめる俺の横で、一美さんが箱の中を覗《のぞ》く。

「急に頼んだのに、最初の注文通りに材料を揃えてくれたんだな。豚肉はちゃんと島豚みたいだし、クルマエビも大きいし、カニもマッドクラブだ」

「このサザエ、すごく大きいですね。さすが沖縄って感じです」

明華ちゃんがそう言って夜光貝を指さした。

「明華さん、これは夜光貝って言うのよ」

そう説明した燈子先輩を、明華ちゃんは振り返った。

「サザエじゃないんですか？」

「厳密には違うわ。サザエも夜光貝も同じリュウテン科に属するんだけどね」

「ヤシガニはないんですか？　俺、一度ヤシガニを食べてみたいと思っていたんですよ」

そう言った石田に、今度も燈子先輩が答える。

「ヤシガニはもう沖縄本島ではほとんど獲《と》れないいんじゃないかしら？　絶滅危惧種になっているし、網で大量に捕獲できないから市場に出回る事も少なそうだし」

一美さんが大きなカニを手に取った。

「このマッドクラブも十分に美味《うま》いよ。さ、それじゃあ調理にかかろう」

俺は牛肉とフエフキダイを調理する。牛肉はローストビーフに、フエフキダイは即席アクアパッツァにする。アクアパッツァは意外と簡単だ。アルミホイルに塩コショウをした白身魚の切り身を入れて、オリーブオイルとすりおろしニンニク、それにミニトマトや適当な野菜を入れるだけ。後はバーベキュー台の上に置いておけば完成する。

燈子先輩は去年のクリスマス・イブのパーティでも出した、豚のバックリブを調理していた。俺が何度か試食に付き合った思い出の料理でもある。

一美さんが主に魚介類の調理を担当する。

ガサツなイメージのある一美さんだが、意外にも料理は手慣れている感じだった。

魚や夜光貝をサッサと切り下ろして刺身にする。一部はカルパッチョにしていた。

マッドクラブは塩茹《ゆ》でに、エビはそのまま丸焼きだ。

石田がサラダ、明華ちゃんとカレンがフランスパンを切ってガーリックトーストを作る。

みんなの料理が出来上がったのは、ほぼ同時だった。

ガーデンテーブルに料理が並べられる。

「「「「「「いただきます！」」」」」」

六人全員で食事を始める。

ちなみに席の並びは、石田・明華ちゃん・俺、その対面に一美さん・燈子先輩・カレンだ。

「燈子先輩のバックリブ、凄《すご》く美味《おい》しいです。また腕を上げましたね」

「ありがと！　あれから自分でもソースを研究したんだ。でも一色君のアクアパッツァも美味しいよ。アウトドア料理とは思えないくらい」

「そうだね。一色君が料理上手なのは去年の１ＤＡＹキャンプで知っていたけど、燈子も本当に料理が上手《うま》くなったよ。以前からは考えられない進歩だ」

「一美さんのカルパッチョもとっても美味しいですね。あと刺身の切り方が上手いです。意外でした」

「それはどういう意味だ？　アタシは料理が苦手だと思っていたって事か？」

「そ、そんな意味じゃないです。あ、このカニ、貰いますね」

「いやぁこのマッドクラブ、最高じゃないか？　こんな美味いカニ、食った事ねーよ」

「石田の言う通りだな。特にこのチリソースを付けて食うと最高だ」

「どれどれ、味の判定はこのカレンちゃんが見てあげます。一品ずつ全部貰いますよぉ～」

夕陽《ゆうひ》が沈む海をバックに、みんなで食べる食事は最高だ。

ふと隣を見ると、明華ちゃんが無言で一生懸命にカニに取り組んでいる。

どうやら殻を割れずに苦労しているみたいだ。

「明華ちゃん、俺が取ってあげるよ」

明華ちゃんからカニを受け取ると、用意してあったキッチンバサミで強引に殻を切って身を取り出す。白い身がむき出しになったカニを明華ちゃんに手渡した。

「ありがとうございます、優さん！」

明華ちゃんは嬉《うれ》しそうにそう答えると、カニの身を可愛《かわい》く頬《ほお》張り始めた。

（やっぱり明華ちゃんって可愛いな。俺にもこんな妹がいたらな……）

そんな俺の様子を、ジッと見ている二つの視線に気が付いた。

一つは燈子先輩、もう一つはカレンだ。

カレンがニタニタと不気味な笑みを浮かべている。

「前から思っていたんだけど、優くんってロリコンの気があるよね～」

「俺がロリコン？　何を根拠にそんな事を言っているんだ？」

「カレンはさぁ、デートする時、三回目まではイメチェンしてるんだよね。覚えてない？」

俺は首を捻《ひね》った。コイツとのデートの服装なんて記憶にない。

「特に覚えてないな」

「一回目は清楚《せいそ》系な女子大生の服装。二回目は微妙にロリに寄せた可愛い系ファッション。三回目は少し遊んでいる感じで。もちろんメイクもそれに合わせているよ」

「何のためにそんな面倒な事をするんだ？」

「相手の好みのタイプを調べるためだよ。こうしてイメージを変えていくと、相手はドキッとするし、どのタイプが一番好みか反応でわかるからね」

「まったく、その手の事に掛ける労力は尽きないのな、オマエ」

「恋愛は男女間の真剣勝負なんだよ。少しでも情報を集めた方が勝つ。そんな事より、優くんが一番イイ反応してくれたのが、ロリ系ファッションにした時だったの。それで思ったんだ、『優くんはロリコン系、年下女子が好きなんだ』って」

カレンの隣にいる燈子先輩が、ジト目で俺を見ている。

俺は焦った。思わず声が大きくなる。

「そんな事だけで決めつけるなよ！」

「なに焦ってんのよ。別にカレンには『優くんがそう見えた』ってだけの話でしょ。それに大抵の男ってロリコンなんだよ。男は常に上に立ちたがる生き物だからね。素直に自分を尊敬してくれる、頼ってくれる、そんな女の子が好きなんだよ。これは男の本能だね」

「そんなの、一概には決められないだろ」

「だから焦るなって言ってるでしょ。これはアタシの経験上から出した答えだから。あと付け加えると、一人っ子や男兄弟の男って、さらにこの傾向が強いんだよね。心の中で『自分を慕ってくれる、可愛い妹系女子が欲しい！』ってね。女の子に過剰な夢を持っているし」

う……、俺は言葉に詰まる。実際、さっきもそう思っていたからだ。

「女は逆なんだよね。一人っ子や姉妹の女って『頼りになる年上のお兄さん』が理想なんだよ。やっぱり包容力があって甘えられる男って心惹《ひ》かれちゃうもんね」

『頼りになる年上のお兄さん』……その言葉に俺はまた胸が苦しくなる気がした。

「じゃあ相性が悪い組み合わせはなんですか？」

明華ちゃんが興味ありげに聞いた。

「男の一人っ子と姉妹の姉。男は一人っ子だから両親の愛情をタップリ受けていて、甘え性のクセに自分を慕ってくれる妹が欲しい。姉妹の姉は愛情に飢えていて、自分が甘えられて全てを受け止めてくれる頼れる兄が欲しい。理想が逆だからね。アタシが見てきた中でも、最悪の別れ方をするカップルがこのパターン」

カレンは得意そうにそう言った後、俺の方を振り返った。

「アンタみたいなタイプは、年上の憧れのお姉さまと付き合うより、年下の可愛い女の子と付き合った方が幸せになれるよ。背伸びは苦しいでしょ」

（コイツ……俺の邪魔はしないって言っていたクセに……）

俺は黙ってカレンを睨《にら》みつけた。だがカレンはどこ吹く風だ。

その隣の燈子先輩は、いつの間にか俺たちから視線を逸《そ》らし、俯《うつむ》いた様子で食事をしていた。

その後しばらく、燈子先輩は俺と目を合わせようとしなかった。

十　人魚姫論争

バーベキューも終わり、俺が二度目のシャワーを浴びて出て来た時だ。
明華《めいか》ちゃんとカレンが、大声で何かを言い合っているのが聞こえる。
（食事もシャワーも終わったから、みんなまったりしているかと思ったんだが）
リビングに行くと、燈子《とうこ》先輩・一美《かずみ》さん・カレン・明華ちゃんがソファに座っている。
一美さんと燈子先輩はワインを開けていた。
少し離れたダイニングテーブルに、石田《いしだ》が座ってスマホを見ている。
「好きな人にそんな事が出来るんですか？」
明華ちゃんが非難するように言った。
「じゃあ明華ちゃんは、好きな男が他の女と懇ろになるって許せるの？」
言い返しているのはカレンだ。
オマエ、女子高生相手に『懇ろ』なんて言葉を使うなよ。
しかもほぼ同レベルで言い合っているし。
その隣では一美さんが面白そうな顔で、燈子先輩が困ったような顔で二人を見ている。

その状況を見て見ぬフリをしている石田に、俺は近づいた。

「二人は何を言い争っているんだ？」

「あれか？　元は『人魚姫』が話の発端なんだ」

画面から顔を上げた石田が苦笑しながら答える。

「人魚姫？」

意味が解《わか》らんぞ。それでどうして言い合いになるんだ？

ポカンとしている俺を見て、石田が言った。

「優《ゆう》は人魚姫の話は知っているか？」

「人魚の肉を食べると不老不死になるんだっけ？　それで船に乗った王子様と恋をして……アレ？」

「オマエ、それは日本の『八百比丘尼《やおびくに》』の話とごっちゃになってるぞ」

石田が笑いながらスマホをテーブルに置いた。

「アンデルセンの人魚姫の物語はこうだ」


人魚姫は船から落ちた王子様を助けた。陸まで王子を運んだ人魚姫は、浜に来た女性が王子を介抱するのを見て安心して泳ぎ去る。

しかし王子に一目惚《ひとめぼ》れをした人魚姫は「人間になりたい」と海の魔女に頼みに行く。

魔女は「人間になる薬と引き換えに、オマエの美しい声を貰《もら》う」と言う。

さらに「もし王子が他の女と結ばれた場合、オマエは海の泡となって消える」と警告する。

それでも人魚姫は人間になる決断をした。

人間になった人魚姫は、王子に助けられてお城で一緒に暮らす。

王子は人魚姫を妹のように可愛がる。人魚姫は幸せだった。

しかしある日、決定的な事を王子が言った。

「僕は以前、船から落ちて死にそうになった。そこを助けてくれた女性がいる。僕はその命の恩人と結婚するんだ」と。

王子は、浜で彼を見つけただけの女性が、自分を助けてくれたと思い込んでいたのだ。

人魚姫はショックを受けた。

「本当は助けたのは自分だ」と言いたいが、声を失っていてそれが出来ない。

しかも王子が他の女性と結婚すれば、自分は泡となって消えてしまう。

そして王子と女の結婚式の前日の夜。人魚姫の姉たちが会いに来る。

姉たちは人魚姫に短剣を渡し「朝陽が昇る前に、この剣で王子の胸を刺せ。そうすればアナタは人魚に戻れる」と告げる。

人魚姫は王子の寝室に行き、眠っている王子を刺そうとする。

だが人魚姫はどうしてもそれが出来ない。

そうして陽が昇り、人魚姫は海の泡となって消えてしまう。


「そんな可哀《かわい》そうな話だったのか？」

俺は少し驚いた。

「そうだよ。多少、俺の記憶に間違いがあるかもしれないが、大筋は合ってるはずだ」

「人魚姫って子供向けのお話だよな？　それにしてはずいぶんとハイレベルな恋愛設定じゃないか？」

「女の子向けのおとぎ話ってそういうものさ。シンデレラだって白雪姫だって、ストーリーとしてはそのままドラマに出来るくらい高度だろ？」

「なるほどな……それで何が論争の元になっているんだ？」

その答えは石田が説明するまでもなく、カレンが大声で主張した。

「だいたいさぁ、そんな恩知らずの男はさっさとブッ刺して、慰謝料として金目の物を頂いて逃げればいいんだよ。それで新しい王子様を見つければ！」

カレン……どこまでもオマエらしいよ。

ある種「見事だ。アッパレ」としか言い様がない。

「でも人魚姫は王子様の事が本気で好きなんですよね？　その人が幸せになるなら……悩むとは思うけど、私は刺せないかな」

「甘い！　明華ちゃんは甘すぎるよ！　欲しい物は奪い取る！　奪われたら奪い返す！このくらいの気持ちじゃなきゃ、これから先の世の中は渡って行けないよ！　ねぇ、一美さん、燈子先輩⁉」

カレンは燈子先輩と一美さんに同意を求めた。

つーかおまえ、その内容で燈子先輩に聞ける立場か？

それまでニヤニヤしながら、二人のやり取りを聞いていた一美さんが答える。

「そうだね。これに関してはアタシもカレンの意見に賛成かな。アタシも人魚姫の立場なら王子様は滅多《めった》刺しにするよ。三枚におろしてもまだ足りない。タタキにでもするかな」

（この二人が人魚姫をやったらダメだ。スプラッター映画か女極道物になる）

頭の中に『地獄人魚』とか『人魚任侠《にんきよう》伝・帝都抗争編』というタイトルが思い浮かぶ。

その俺の隣では石田が「ぷっ」と吹き出した。

「一美さんならヤルだろうな」と。

「ですよね～、燈子先輩はどう思います？」

カレンは次に燈子先輩の意見を求めた。

「私だったら最初から人間にならないわ。話した事もない男性を、そこまで好きになれないもの」

　さすがディベートの達人だ。議論の前提を覆してしまう。

「え～、その答えはズルいですよ。そこは物語通りに『死ぬほど好き』って設定で答えて下さいよ」

　カレンがなおも食い下がった。

「そうだよ、燈子。ここでそれを言ったら話にならない。土台の話に乗っからないと」

「燈子さんも、真面目に考えて下さい！」

　一美さんと明華ちゃんにそう言われ、燈子先輩は腕組みをしたまま顎に拳を当ててしばらく考える。

「そうね。う～ん、そこで王子様を刺さなかったら……自分が泡となって消えるだけじゃなく、嘘《うそ》をついた女に取られてしまうのよね。確かにそれは悔しいかもしれない……」

　え、燈子先輩？　ソッチに乗っかるんですか？

「私なら王子様を刺した上で、自分も死ぬ道を選ぶかな。そこまで好きな人なんだから」

　そう言った燈子先輩を、俺は驚きの目で見ていた。

　なんか燈子先輩のイメージに合わない気がしたからだ。

「そんな……燈子さんまで」

　明華ちゃんが目を丸くする。

きっと燈子先輩は自分に賛同すると思っていたんだろう。

その一方でカレンが勝ち誇ったような顔をする。

「ほ〜らね。これが大人の女の考え方よ」

慌てた燈子先輩がフォローに入る。

「いや、明華さんの考え方もいいと思うわよ。それだけ好きな相手の幸福を願っているんだもの。素晴らしいと思うわ。ただ私は嘘をついている女性が幸せになるっていうのは、少し納得できないっていうか……」

ちょっと物騒なガールズトークは、その後もしばらく続いた。

話が一段落し、女性四人は二階の寝室に向かった。

俺と石田は昨夜と同じく、ソファに横になる。

「さっきの人魚姫論争、それぞれの性格が出ていて面白かったな」

石田がそう話しかけて来る。

「そうだな。カレンなんか地そのものだったもんな」

「意外な事に一美さんが同調してたな。あの二人、もしかしたら似ている部分があるのかも」

「意外と言えば、俺には燈子先輩のあの発言が意外だったよ」

すると石田が俺の方に首だけ曲げた。

「そうか？　燈子先輩って嫉妬深そうだと思っていたぞ」

「どこでそう思ったんだ？」

「そりゃそうだろ。そうでなきゃ『浮気した相手にトラウマになるほどの復讐《ふくしゅう》を与える』なんて発想は出てこないよ」

（確かに、そうかもしれないな）

俺は鴨倉《かもくら》とカレンの浮気を知った時、燈子先輩に「仕返しとして、俺と浮気して下さい」と言ったのだ。

それに対して燈子先輩は
「それでは甘い。相手が『いっそ死にたい』と思うくらい、一生トラウマになるような復讐をすべき」と逆提案したのだ。

黙っている俺に石田が言った。

「優も燈子先輩と付き合ったら気を付けないとな。浮気は絶対に許さなそうだから」

「俺はそんな事しねーよ」

俺が不機嫌そうに答えると、石田が「クックック」と笑う。

「とりあえず無理心中はあっても、タタキにはされなくて済みそうだな、優」

面白そうにそう言った石田を、俺は黙って睨《にら》んだ。

十・五　【燈子サイド】燈子と一美の部屋で

私はベッドの上で枕を抱えていた。

（なによ、なによ。一色《いっしき》君たら、明華《めいか》さんにあんなにベタベタしちゃって！）

夕食時のバーベキューの様子が頭に思い浮かぶ。

私の正面には明華さん、そしてその隣に一色君がいた。

明華さんがカニの固い殻を割れずに苦労していたのは、私も見ている。

すると彼は「俺が取ってあげるよ」と言って、明華さんにカニの身を取り出してあげていたのだ。

明華さんもとても嬉《うれ》しそうにしていた。

その後も一色君は明華さんのために、何度かカニの身を取ってあげていた。

……私だって苦労してたのに……

そして一色君の明華さんを見る目。

優しい目で彼女を見守るように、そして満足そうに見つめていた。

そう、いたわるように、慈しむように……。

昼間はスイカ割りで負けた明華さんに、「可哀そうだから」と言ってデザートを奢《おご》ってあげていたし……。

（憧れの人にあんな風にされたら、余計に気持ちが傾くに決まっているじゃない！）

心がささくれ立つのを感じる。

だがそう思ってしまう自分も嫌だった。

年下の女子高生を相手に、本気で嫉妬している自分が醜い。

思わず枕をギュッとつねっていた。

「何をイラついているんだ、燈子《とうこ》？」

そんな私の様子に気が付いたのか？

隣のベッドに寝そべって、スマホでマンガを読んでいた一美《かずみ》が話しかけて来た。

「別に、イラついてなんかない！」

私は自分の考えを悟られたくないため、つっけんどんにそう答えた。

だが一美には通じなかったようだ。

「やれやれ、だいぶイラついているようだな」

そう言って一美が上体を起こす。

ベッドから足を降ろし、私の方に向き直った。

「原因は一色君か？」

図星を突かれて私は黙り込む。

そんな私を見て、一美は全てを察したようだ。

「明華ちゃんは可愛《かわい》いからな。放っておけないタイプだ。あれは適度に甘えられる末妹の特性かもな」

「別にそんな事じゃ……一色君は優しいから……」

私は昨日の事を思い出していた。

『首里金城《しゅりきんじょう》の大アカギ』で私が足を痛めた時、彼は休憩所まで私を背負ってくれた。

他人に背負って貰《もら》うなんて十何年ぶりだろうか。

固くて広い背中に、私は男性らしさを感じた。

いつも私の事を気遣ってくれる一色君。

でも……今夜は私に気づいてくれなかった。

私もカニの身を取り出すのに苦労していたのだ。

一度はカニの足のトゲで、指を刺してしまった。

ちょっとだけど……。

(それなのに彼は、明華さんの事しか見ていなかった……私の方は見ないで……)

「結局、彼は誰に対しても優しいだけかもね……」

自嘲的に言った私に、一美が突っ込む。

「だって燈子が彼にそう言ったんだろ？　『どの女子にも満遍なく優しく』って」

（むうっ）

私は思わず頬《ほお》を膨らませて黙り込んでしまう。

それは確かにそう言ったけど……。

だけど一人の女の子としては、私だけ特別扱いもして欲しい。

そうでなきゃ、恋人になんてなれない！

それに『男子として女子全員に優しい』のと、『自分に好意を寄せている女の子に優しい』のとでは、意味が違う。

「そうは言っても、さすがの一色君も、カレンに対してだけは塩対応だけどな」

一美はひとしきり笑った後、真顔で私を見た。

「美奈《みな》たちも言っていた通り、彼は女子全般に好かれやすい性格だ。サークル内だって彼に好印象を持っている子も多い。明華ちゃんほどではないにしてもね」

一美の言葉を聞いて、私は思わず本音を漏らした。

「一色君って、本当に私の事が好きなのかな？」

「えっ？」

「一美も美奈もまなみもそう言うけど……一色君って本音では、明華さんが好きなんじゃないかな？　自分でも気が付いていないだけで」

「どうしてそう思ったんだ？」

「夕食の時のカレンさんの話……私、あの話って当たっていると思うの。男子の一人っ子や男兄弟の場合、理想の彼女は妹タイプだって。そして私みたいな女の姉妹、特に姉の場合は頼れるお兄さんタイプを求めているって言うのも……」

「確かに、三条《さんじょう》は燈子にとって『頼れるお兄さん』だったからね。当たっている部分はあるかもな」

三条さん……私の蕾《つぼみ》のまま終わった初恋……。

でも今となっては、あれで良かったように思う。

三条さんに対して、私は『自分の理想の男性像』を押し付けていただけに思えるからだ。

(実際に三条さんと付き合ったら、私は幻滅していたかもしれない……)

それはその後に哲也《てつや》と付き合った事で、心底からそう思った。

鴨倉《かもくら》哲也は本当に男そのものだ。

男性として魅力ある外見以外に、その性格や行動もそうだ。

頭が良くてスポーツ万能、でもチョイ悪な雰囲気を漂わせていて……。

さらに強引・傲慢・ワガママ・自分勝手の俺様男子。

女性に対する欲望の強さまでも……。

そんな所に魅力を感じる娘《こ》もいるだろうが、私は嫌だった。

(三条さんの男としての部分を見てしまったら……私はどう思ったんだろうか？)

　そこでふと思う。それが無意識に口に出た。

「明華さんは、本当に一色君を見ているのかな？」

「それはわからないな。あの年頃でしかも女子校だろ。過剰に彼を美化している可能性は否定できない。『自分の憧れに自分で恋をしている』って所もあるかもね」

「でも一色君は……そういう可憐《かれん》な明華さんに、心惹《ひ》かれているかもしれないよね？」

「そうかもしれないね。カレンが言った通り『男は自分を尊敬してくれる、頼ってくれる女が好き』って言うのは、当たっていそうだからね」

　私はカレンさんの事を思い出して、またもや重いタメ息が出てしまった。

　それを見た一美が私の肩に手を置く。

「でもそんな事を気にしても仕方がないだろ。アタシは、一色君の燈子への気持ちは単なる憧れなんかじゃないと思っている。何よりもそれを気にして、燈子が臆している事の方が問題だと思うよ。燈子はもっと自分に正直になった方がいい」

「違うの。今のは明華さんに対してじゃなくて、カレンさんの事なの」

「カレンの事？　それはいったい何が心配なんだ？」

　一美が不思議そうな顔で尋ねる。

「心配って訳じゃないわ。一色君の心がカレンさんに戻る事は、もう無いと思うから」

「それはそうだろうな」

「でも一色君とカレンさんの会話って、やけに波長が合っているように感じるのよ。二人とも相手に毒を吐いている事も多いけど、理解し合っている部分があるような……」

「あの二人の波長が合ってる？　どんな所で？」

「うまく言えないんだけど……カレンさんは一色君自身も気づかないような点を知った上で話しているし、一色君もカレンさんの本音を見抜いた上で発言している」

「ふむふむ」

「一色君って、私にはあんな風に本音で話してくれた事がないように思う。彼にはカレンさんにしか見せない顔があるのよ」

「確かに！　彼はダークサイドの顔は、カレンにしか見せないだろうな」

一美はまたしても笑った。

「でもそれがなんだって言うんだ？　誰だって好きな相手には好意的な顔しか見せないだろうし、嫌いな相手には嫌な態度が出るのも当然だろ？　何が問題なんだ？」

「そういうんじゃないのよ。なんて言うか……一色君とカレンさんの間には、お互い毒づきあいながらも、わかり合える関係が生まれつつあるんじゃないかって……」

「はぁ？　それって一色君とカレンの間に友情が芽生えつつあるって事か？」

「そこまで友好的な関係かわからないけど……でも私じゃ理解できない、入り込めない関係が二人にはあるような気がする」

　そう言って私は頭を抱えた。

「あ〜、もうっ！　モヤモヤする！」

　そんな私を見て一美が苦笑いする。

「燈子は欲張りだな。もしかして相手の全てを独占しないと気が済まないのか？」

　私は一美をキッと睨《にら》んだ。

「何よ。それじゃあまるで私が束縛する女みたいじゃない！」

「今の話を聞いたら実際にそうじゃないか？　めちゃめちゃ嫉妬深い縛り女に聞こえるよ」

「そんな事ないよ！」

　口ではそう言ったが、本心では一美の言う事を認めざるをえなかった。

　そう、私は本当はすごく嫉妬深いタイプなんだ。

「仕方がないだろ。カレンは一色君のアソコの形まで知っている女なんだ。それを相手に今さら嫉妬したって……」

　私は枕を投げつけた。

「もうっ！　バカッ！」

　一美が両手でそれをガードする。

「ゴメン、ゴメン。さすがに今のは挑発し過ぎた。謝るよ」

しかし私はそっぽを向いた。

そんな言葉じゃ誤魔化《ごまか》せないくらい、私は傷ついたんだから！

「だけどさ、燈子は他の誰も知らない一色君の別の顔を知っているんだろ？　彼女に浮気をされて傷ついて、そして子犬のように燈子の所に逃げ込んで来た彼の顔を」

私はハッとした。思わず一美の顔を見る。

「それは燈子も同じだ。初恋で五年間も想《おも》い続けていた三条に対する失恋、その後に付き合う事にした鴨倉の裏切り。そんな事が続けば男性不信にだってなりかねない。そんな燈子の心の支えになったのが一色君なんだろ？」

「それは……そうだね」

「だったら二人の間には何よりも強い絆《きずな》があるんじゃないか？　そんな風にカレンや明華ちゃんに嫉妬している場合じゃないよ。たまには自分の殻を脱いで、本音でぶつかってもいいんじゃないかな？」

「一美……」

「その結果『彼も違う』って思ったんならさ……その時はアタシが一緒に居てあげるよ」

私はそんな彼女の思いやりに感謝した。

でも口から出たのは憎まれ口だ。

「この前は『そこまでは付き合えない』って言っていたクセに……」

「まぁアタシも一応は幸せになりたいからね。でも燈子となら、一生一緒に暮らしていくのも悪くないかなって思ってる」

一美はそう言って私の隣に座って来た。

私の肩を抱いて、頭を「ヨシヨシ」と撫《な》でる。

（一美ってなんだかんだ言って、私には優しいんだよな。ちょっとお姉さんぶっているのは気になるけど）

それでも……こうして誰かに優しくされるのって安心できる。

確かに、女同士でそうやって助け合って生きていくのも、悪くないかもしれない。

十一　ブライダル・フェアの誘い

三日目の予定は、沖縄美ら海《ちゅらうみ》水族館を見学してから、橋で本島と繋《つな》がっている古宇利島《こうりじま》に行く事だった。『海の上を通る橋』と『古宇利島のハート形の岩』が目的だ。

それを聞いたカレンは飛び上がって喜ぶ。

「ラッキー！　実はブライダル・フェアの撮影って古宇利島なんですよ。そこまで行くのにどうしようかなって考えていたんです。一緒に乗せていって貰《もら》えます？」

それに対して一美《かずみ》さんが思案顔で言った。

「車は二台あるから、それはいいけど……。時間の方は大丈夫なのか？　アタシらはまず美ら海水族館を見学してから行くんだけど？」

「それも大丈夫です。明るい内に古宇利島に行けばいいんで。今日はロケ地の確認と事前打ち合わせだけですから」

カレンはご機嫌でそう答える。俺はそんなカレンを白い目で見ていた。

（まったく、何もかもカレンに都合よく進んでいるな）

別にカレンにイジワルで除《の》け者《もの》にしようとしている訳じゃない。

コイツが何を言い出すか解《わか》らないから恐《こわ》いのだ。

この旅行の初日で、燈子《とうこ》先輩との仲も何とか修復できたと思ったのに、カレンが現れてから、また微妙にギクシャクし始めた。燈子先輩との会話のチャンスも減った。

出来ればサッサとカレンとはオサラバしたいものだ。

そんな訳で車二台に分かれて、俺たちは沖縄美ら海水族館を目指す。

「で、なんでこういう組み合わせになるんだ？」

不満げにハンドルを握る俺に、石田《いしだ》が言った。

「俺に当たるなよ、優《ゆう》」

後部座席にカレンと明華《めいか》ちゃんが乗り込んで来た。

燈子先輩と一美さんは前の車だ。

（カレンたちがいなければ、俺と燈子先輩、石田と一美さんの組み合わせだったのになぁ）

思わず心の中でボヤキが出る。

だがそんな俺の神経を逆なでするように、カレンが明るい声を出す。

「コッチは男女2対2で、いかにもバカンスって感じだよネ！」

「男女2対2って、一組は兄妹で、もう一組はケンカ別れした二人だろ。最悪じゃないか」

「そういうペアにしなければいいじゃん。優くんは明華ちゃんと、アタシは石田くんとでどう？　けっこうイイ組み合わせだと思うんだけど？」

「昨日も言ったでしょ。優くんには年下妹タイプが合うって。明華ちゃんも優くんを気に入ってくれているんだしさ。アタシも石田くんは嫌じゃないよ。逞《たくま》しいし、優しいし」

「お気持ちだけ頂いておくよ」

石田が苦笑した。

するとカレンは、俺の耳元に顔を寄せて小声で囁《ささや》く。

「逆に聞きたいんだけど、アンタはどういう組み合わせだったら満足した訳？」

不意を突かれたその質問に、俺は返答できなかった。

「まさかと思うけど、アンタと燈子、石田くんと一美さん？　そこにアタシと明華ちゃんがバラバラに乗せられる訳？　冗談じゃない。アンタと燈子の車に明華ちゃんが一人で乗せられるなんて、そんな残酷なマネを出来るの？　アタシにしたって目の前で微妙な雰囲気を繰り広げられるなんて、真っ平ゴメンだよ」

ルームミラーの中で、明華ちゃんがしょんぼりしているのが見えた。

この会話が聞こえてしまったのだろうか？

「もういい。わかったよ。俺が悪かった」

不承不承、俺もそう答える。

「アタシの配慮に感謝するんだね」

そう言ったカレンは、次に明華ちゃんに話しかけた。

「明華ちゃん、優くんが水族館は案内してくれるって！」

「本当ですか？　優さん」

少し疑いながらも、期待を込めた目で明華ちゃんは聞き返した。

（カレンの奴《やつ》、適当な事を……）

そう思ったが、まさかここで「いや違う」とは言えない。

「そうだね。案内ってほど俺は詳しくないんだけど」

俺がそう答えると、明華ちゃんは一気に嬉《うれ》しそうな顔になった。

……なんかこの旅行、ずっとカレンにしてやられている気がする。


沖縄美ら海水族館は、駐車場から最初に行くのは四階になる。

ウミンチュゲートを抜けると『サンゴの海』と『熱帯魚の海』の水槽を、上から眺める事ができる。

そこから三階に降りると、上で見た『サンゴの海』と『熱帯魚の海』の水槽を今度は横から見られるようになっている。『熱帯魚の海』の水槽は奥に行くほど暗くなっており、海の底に潜っているような気分にさせてくれる。

みんなで一緒に回っていたが、明華ちゃんはずっと俺の隣にいた。

「優さん、これはなんていう魚ですか？」

「え〜と、これは……チョウチョウウオだって」

俺は横にある解説パネルを見て答える。正直、案内役としての意味はない。

しかしそれでも明華ちゃんは楽しそうにしてくれていた。

気が付くと燈子先輩の姿が見えない。離れてしまったようだ。

途中で明華ちゃんがトイレに行った。なぜかカレンも一緒にだ。

一人になった俺はブラブラと水槽を泳ぐ魚を見ながら、燈子先輩の姿を探した。

燈子先輩は一人で『熱帯魚の海』の水槽の前で佇《たたず》んでいた。

色とりどりの魚に見惚《みと》れているようだ。

「燈子先輩、魚が好きなんですか？」

俺が話しかけると、燈子先輩は水槽を見つめたまま頷《うなず》いた。

「うん、魚も好きだね。こうして自由に泳いでいる魚を見ているのって好き」

「ここの水槽は照明じゃなくって、自然光が入って来るようになっているんですよね」

「そうね、だから光が柱みたいに見えて、本当にキレイ」

俺も並んで水槽を見上げる。燈子先輩の言う通り上から差し込む太陽光が光の柱となり、
その中で魚がゆったりと泳ぐ様子は神秘的にさえ感じる。

俺は背中に掛けたボディバッグを、そっと小脇に移動させた。

中にはまだ渡せていない、燈子先輩への誕生日プレゼントが入っている。

（今が渡すチャンスなのか？　でもみんながいつ来るかわからないし……）

そんな俺の様子に気づかず、燈子先輩が口を開いた。

「明華さんの事は、放っておいていいの？」

燈子先輩の静かな口調に、俺はドキッとした。

「明華ちゃんはいまトイレに行っているみたいで。別に放っておくとか、そもそも一緒にいるって決めている訳じゃないんで」

しどろもどろになった俺に、燈子先輩は「そう」と一言だけ言った。

しばらく沈黙していると、再び燈子先輩が話し始めた。

「前に話したけど、私は海が好きなんだ。いつか自分のヨットで世界中の海を旅してまわりたい。時間とか気にしないで、自由にどこにでも行けて……こういうキレイな海で魚と一緒に泳げたらいいだろうな」

子供のように無心に水槽を見上げる表情。

水槽から洩《も》れて来る淡く蒼《あお》い光に照らされる燈子先輩は、まるで水の中にいるようだ。

そんな彼女の横顔に、俺は見惚れていた。

昨夜の人魚姫のイメージが燈子先輩と重なる。

「その夢、実現できるといいですね」

「そうね。でも一人だとちょっと不安もあるかな?」

(だったら俺が一緒に、その夢を叶《かな》えます)

そう言おうかと思った時だ。

「あ、この魚、昨日のバーベキューにあった魚だよね」

突然、雰囲気をブチ壊すような声が響いた。

見ると燈子先輩の向こうにカレンが来ていた。

(コイツ、いつ戻って来たんだ?)

俺は時々、カレンの神出鬼没さに驚く事がある。

「燈子先輩、この頭にコブがある魚、なんていう名前ですか?」

「ブダイの一種だと思うけど……あ、ここにナンヨウブダイって出ているわ」

「な～んか変な顔! 面白～い」

そう言ってケタケタ笑っている。

コイツが来たお陰で、ムードがブチ壊しだ。

「優さん、コッチの魚はキレイだけど派手ですね」

そう言ったのは明華ちゃんだ。

いつの間にか彼女も俺の隣に来ていた。燈子先輩と反対側だ。

「ハナミノカサゴだね」

俺がそう言うと、明華ちゃんは顔を水槽に近づけた。

「ミノカサゴってヒレに毒があるんですよね？」

「そうだね。刺されると酷《ひど》い事になるらしいね」

「キレイな魚って毒があるんですね」

明華ちゃんがそう言って俺を振り返った。

その目が微妙に光を帯びているように感じる。

横ではカレンが相変わらず、燈子先輩にアレコレ魚について質問していた。

あまり真剣に聞いているようには思えないが。

「優さん、アッチにはもっと深い海の生物がいるみたいです。行ってみませんか？」

そう言いつつ、明華ちゃんは既に俺の腕を引っ張っていた。


二階に降りると『黒潮の海』の水槽だ。

ここが沖縄美ら海水族館のメイン水槽だそうだ。

ベンチから巨大な水槽を前にスロープを降りていく。

ジンベエザメやマンタがゆったりと泳いでいく。

この『黒潮の海』の巨大水槽も素晴らしかったが、さらに感動できるのが左側にあるアクアルームだ。

天井までが透明なアクリルパネルになっているため、自分の頭の真上を泳ぐジンベエザメやマンタが見られる。

ジンベエザメやマンタが見られるだけでも珍しいのに、それが自分の頭の上を泳いでいくなんて、ダイビングでもしない限り見られない。

俺たちは口々に「うわぁ」「すご～い」という驚きの言葉を漏らして見惚れていた。

アクアルームを抜けると、一階の『深海への旅』エリアとなる。

ここでは深海の生き物が展示されている。

途中でカレンに電話があった。俺たちから離れて話していたが、少し揉《も》めているようにも見えた。何かトラブルでもあったのだろうか？

一美さんも気になったらしく、戻って来たカレンに「どうかしたのか？」と聞いたが、カレンは「別に、何でもないです」と答えた。その後で俺をチラッと見る。

なんか気になる視線だったが、何も言って来ない以上、俺から関わる必要はないだろう。

水族館の外にはイルカラグーン、マナティーが見られるマナティー館、イルカショーなどがある。それらも一通り見て回る。

かなり大きな水族館なので丸一日は遊べそうだったが、カレンが午後三時までには古宇利島に行きたいと言うので、昼過ぎには水族館を出た。

昼食は近くの有名な店で、念願の沖縄そばを食べる。

沖縄そばと一緒にジューシーと呼ばれる炊き込みご飯をセットで頼んだ。

「アタシの分は石田君の払いだからな」

一美さんがニヤニヤしながら念を押す。

「わかってます。男に二言はありません」

石田も胸を張って言い切った。

いや、明華ちゃんの食費とか一美さんが出してくれているんだから、ここはそんなに威張れないと思うんだが？

それほど待つ事なく沖縄そばが出て来る。

「これが沖縄そばか。俺、食べるの初めてなんだよな」

俺がそう言うと石田も頷く。

「俺もだよ。見た感じは蕎麦《そば》って言うより細目のウドンだよな」

ほぼ二人同時に口を付けた。

「スープは……ウドンとラーメンを合わせたみたいな感じだな」

「カツオとトンコツでダシを取っているんだっけ？　ちなみに沖縄そば以外にソーキそばって聞くけど、違いは何だ？」

「単に呼び方の違いだろ」

それを聞いていた燈子先輩が答える。

「沖縄そばは入っている肉が三枚肉、つまりバラ肉ね。ソーキそばの方はスペアリブが入っているのよ。麺とスープは同じだけどね」

沖縄そばは肉が入っているせいか、普通の蕎麦やウドンより満腹感がある。

ジューシーまで食べると、かなり腹一杯になった。

店を出た俺たちは、沖縄本島と橋で繋《つな》がっている屋我地島《やがじしま》を経由して古宇利島に向かう。

ここからは石田の運転に代わった。

「海の上を通る橋をドライブしたい」と石田が言っていたためだ。

沖縄本島と屋我地島を結ぶワルミ大橋は、別に普通の橋と違いは感じられなかった。

一方、屋我地島と古宇利島を結ぶ古宇利大橋は、まさしく海の上の道路といった感じだ。

快晴のため、空も海も青く透き通っている。

「うわぁ、最高だね～」

後部座席でカレンがはしゃいだ。

明華ちゃんも嬉しそうに外の風景を眺めている。

(燈子先輩と二人でドライブだったら、どんなに良かっただろう)

俺はそんな事を考えていた。

古宇利大橋とはちょうど反対側に、有名なハートロックがあるティーヌ浜がある。

そこが目的地だ。旅行の計画時に燈子先輩が「ハート形の岩が見たい」と言った浜であり、カレンがブライダル・フェアで撮影スタッフと待ち合わせている場所でもある。

サトウキビ畑を抜けて、島の北側に出る。

駐車場に車を停《と》め、生い茂った灌木《かんぼく》の間を通る遊歩道を進むと、ちょっとした崖に囲まれた小さな砂浜が見えた。ここがティーヌ浜だ。

「思ったよりも小さな浜なんだな」

俺がそう感想を漏らすと、すぐ後ろにいた燈子先輩が、

「でもこういう小さい浜って、秘密のビーチみたいでいいんじゃない？」

そう言いながら俺を追い抜くように、横を通り過ぎていった。

確かに、崖と灌木に囲まれた小さな砂浜は、隠された穴場に見える。

そして幸いな事に俺たちが来た時は、他に人がいなかった。

砂浜に降りると目の前に二つの奇岩が見える。有名なハートロックだ。

それを見ながら石田が首を傾《かし》げる。

「あれがハート形の岩か？　ハートって言うにはちょっと無理があるんじゃないか？」

「でも奥の方の岩は、上の方がくびれているしハートっぽくなっているだろ」

「そうか？　俺には縄文時代の土器に見えるんだけどな」

それを聞いたカレンが「え～」と声を上げる。

「石田くんは夢がない事を言うなぁ。ここは恋人たちの聖地なんだよ。二人でこんな場所

に来て、あの岩を見たら『ハートだ!』って思うに決まっているじゃん」

「お兄ちゃんはヲタクなのに、変な所で現実主義者なんだよね」

明華ちゃんまでが不満そうだ。

そんな俺たちの会話を聞いた燈子先輩が面白そうに言った。

「でも石田くんの言った縄文式土器っていう意見も中々興味深いわ。DNAを調べてみると、縄文人の遺伝子を一番濃く残しているのは沖縄の人だそうよ」

「さっすが燈子先輩! 俺の観察眼の鋭さを理解してくれている!」

「でも感想には賛同しかねるわね。私もここにカップルで来たら、あの岩はハートだと思いたいわ」

唯一の味方が現れたと思ったら即座に反対に回られたので、石田はガッカリした顔をした。

まぁ仕方がない。今は女子が多いんだから、多数決で決まりだな。

ひとしきり浜で遊んでいると、五人ほどの集団が浜に降りて来た。

それを見たカレンが声を掛ける。

「斎藤《さいとう》さん!」

「おう、カレンちゃん。先に到着していたんだね。待たせちゃったかな?」

アロハシャツにサングラスをかけたオジサンが、コッチに向かって来た。

「いいえ、大丈夫ですよ。ここでみんなで遊んでいましたから」

そんなカレンに一美さんが尋ねた。

「この人たちが、もしかして撮影スタッフ？」

「そう。今回のブライダル・フェアの撮影をしてくれる人たちです。こちらがディレクターの斎藤さん。後の人はカレンも初対面なんでわからないですけど……」

つまりこの斎藤さんが撮影スタッフのリーダーって事か。

カレンが改めて斎藤さんの方に向き直る。

「それでですね、斎藤さん。男性側の代役を頼もうと思っているのが……」

そう言いかけたカレンの話を、斎藤さんは聞いていなかった。

その目が燈子先輩を見つけた瞬間、砂を蹴散らすようにして近寄っていく。

「桜島《さくらじま》燈子さんだよね？　ミス・ミューズ優勝者の！」

いきなり近寄って来た斎藤さんに、燈子先輩は目をパチクリさせる。

「え、ええ」

「いやぁ、これはラッキーだ。本当は桜島さんに頼みたかったんだよね、ブライダル・フェアのモデル！　どう、ヤマモっちゃん、彼女！」

そう言って後ろにいる、一眼レフカメラを持った三十代くらいの男性を振り返る。

「かなりイイと思いますよ。彼女ならクライアントさんのイメージにも、ピッタリじゃないでしょうか？　何より写真映えするルックスとスタイルですからね」

「やっぱりね、ヤマモっちゃんもそう思うよね？　おっし、これで決まりだ！」

斎藤さんは両手を叩《たた》くと、燈子先輩に向き直った。

「そういう訳で桜島さん。ブライダル・フェアのモデルをお願いね」

なんだ、このオッサン。燈子先輩の意見も聞かずに、まるで決定事項みたいに！

俺はこの斎藤ディレクターに不快感を覚えた。

「ちょっと斎藤さん！　ブライダル・フェアのモデルはアタシでしょ！」

カレンが口を尖《とが》らせて抗議する。

そりゃそうだ。こんな所まで呼び出されて、いきなり「モデルは別の人に」なんて言われたら怒るのが当然だ。

すると斎藤さんは問題ないとばかりに言った。

「もちろんカレンちゃんには、予定通りブライダル・フェアの花嫁をやってもらうよ。でも元々二人のモデルさんでツーパターンを撮るって言っていたよね」

「そうだけど……でもそっちのモデルも決まっているんでしょ」

「うん。だけどもう一人のモデルさんがね、今朝電話で話した男性モデルと一緒に海に入った時、ハブクラゲに刺されちゃったんだよ。それで二人とも今は病院でさ」

「ハブクラゲ？」

カレンが不思議そうな顔をしていると、燈子先輩が小声で説明した。

「暖かい海に住む猛毒を持つクラゲよ。刺されるとかなりの激痛がある上に、簡単には治らないレベルの痕が残るの。モデルだと致命的かも」

その声が聞こえたのだろう。斎藤さんが後を続けた。

「すぐに医者には行ったんだけど、むき出しの腕と脚が酷《ひど》いミミズ腫れになっちゃってさ。明日の撮影は到底ムリになった。だからもう一人のモデルの手配をどうしようかって話していた所なんだ」

そういう訳か。でもその話通りなら男性モデルの方も一人足らない事にならないか？

その答えは、直後に斎藤さんが口にした。

「幸い男性モデルの代わりは、カレンちゃんが探してくれたらしいけど……それでカレかな、一色《いっしき》優くんって？」

そう言って斎藤さんは俺を見た。

（え、俺？）

状況が把握できなくて、思わずポカンとしてしまう。

「ええ、そうです。カレンの元カレだったんで、丁度いいかなって」

「そっか、カレンちゃんの元カレだった人か。どう思う、ヤマモっちゃん」

「いいんじゃないですか？　クライアントさんが『男の方はスレてない感じが欲しい』っ

て言っていたし。それに彼も容姿は十分に整ってますよ」

「そうだね。ちょっと子供っぽい感じかと思ったけど、カレンちゃんの相手なら丁度いいかもな？　あとはスタイリストさんとメイクさんに任せればいいか。ビデオの方が不安だけど、それは何本か撮って後で編集するとして……」

ちょっと待て、なに勝手に話を進めているんだよ！

俺が文句を言おうとした所……、

「ちょっと待って下さい！」

先に声を上げたのは燈子先輩だった。

「私たち、ここには観光で来ているんです。それなのにいきなり撮影だのモデルだの言われたって、承諾なんかできません！」

「えっ？」

「燈子先輩の言う通りです。俺たち、ここ以外にも行きたい場所があるんで、そろそろ引き上げようと思っていたくらいです」

斎藤さんがカレンを見た。

「カレンちゃん、桜島さんはともかく、彼に話はしてないの？」

「アハハ、まぁその点は大丈夫ですから……ちょっと待って下さいね～」

カレンはそう言うと俺の腕を引っ張って、強引に灌木の陰に連れ込んだ。

「なんだよ」

「なんだよ、じゃないでしょ。撮影に協力しなさいよ！」

「なんで俺がそんな事をするんだ？」

「このままじゃアタシの立場がないでしょ！　アタシはわざわざアンタを新郎役のモデルに推薦してあげたんだから！」

「俺はそんな事を頼んだ覚えはないぞ。そもそもオマエは一言も俺に言わなかったよな」

「水族館で話したら、燈子や明華ちゃんが反対するのは目に見えていたからだよ！」

「じゃあ自業自得だろ。俺は知らん」

するとカレンが両手を合わせて拝むように頼んできた。

「ねぇ、お願いだよ。アタシにとっては記念すべきモデルとしての初仕事なんだよ。何とか成功させたいの。だからお願い！　協力して！」

う～ん、こう下手に出られると、さすがに断りづらい。

「でも、撮影って今日じゃないんだろ？　明日って言っていたよな。それまで俺だけがココに残る訳にもいかないだろ」

「じゃあみんなが賛成したらオッケーって事でいい？」

う……一瞬、返答に詰まる。

「ま、まぁ、みんなが賛成してくれるなら……。それで燈子先輩が出るって言うなら……」

するとカレンは「もう俺に用はない」とばかりに踵《きびす》を返して、みんなの方に走って行った。

撮影スタッフと何かを話した後、今後は燈子先輩だけを連れ出す。

みんなの方に視線を向けると、ディレクターの斎藤さんがパンフレットらしいものを一美さんと石田に見せて、一生懸命に何か言っている。

「この屋我地島の高級ヴィラなんだけど、モデル二人が抜けたから空きになるんだ。ここにみんなで泊まればいいから。今日の夕食と明日の朝食も提供するし……」

どうやら俺たちにモデルをやらせるため、宿の心配はないと説得しているらしい。

「え、超ゴージャスじゃん！　メシも豪勢だし」と石田。

「本当だ。ココは有名な高級ヴィラだよ。プラベート・プールも付いている。いいんじゃないか」と一美さん。

さらには「ヤマモっちゃん」と呼ばれていたカメラマンも、明華ちゃんを口説いていた。

「君もさ、ウェディング・ドレスを着てみたくないか？　君の写真もパンフレットに使えそうだから撮らせて欲しいんだよね」

「え、私ですか？　私なんかでいいんですか？」

明華ちゃんは顔を赤らめながらも嬉《うれ》しそうだ。

う〜ん、石田と一美さんはなんか賛成しそうだな。明華ちゃんも満更でもなさそうだし。

だけど燈子先輩はどうだろう。

きっと賛成しないと思って、俺はああ言ったんだが……。

しばらくして燈子先輩とカレンが戻って来た。

「どうですか？　みんな、屋我地島のヴィラにも泊まってみたくないですか？　食事もちゃんと付いているって言うし……調理の手間と食費が助かりません？」

そうカレンが言うと、一美さんも頷《うなず》いた。

「そうだな。今日の夕食はどうしようか迷っていた所だしな。これだけの料理が出て来るなら有難いな。朝食も作る必要がないし……」

「俺は全然アリっすよ！　途中で一泊くらい宿が変わるのも気分転換になるし」

「私も、ここで一泊するのも悪くないと思います」

石田に続いて明華ちゃんも賛成する。

それを聞いたカレンが、ここぞとばかりに燈子先輩に迫った。

「ね。みんな喜んでますよ！　せっかくの高級ヴィラに泊まれるチャンスを、ムダにするのは勿体《もったい》ないですよ！　燈子先輩だってウェディング・ドレスを着てみたくないですか？　一生の思い出になりますよ。ね、ね！」

燈子先輩はしばらく沈黙していたが、やがて諦めたようなタメ息をついた。

「わかったわ。みんながそれでいいのなら……」

「決まりですね！　良かった！」

カレンはそう言うが早いか「斎藤さぁ～ん」と撮影スタッフの方に駆け出して行った。

俺は燈子先輩に近づいて聞いてみた。

「本当に良かったんですか？　ブライダル・フェアのモデル？」

燈子先輩は以前に、読者モデルをやっていた事がある。

人気が出始めて注目されるのが嫌だったため、モデルを辞めたのだ。

「あまり気が進まないけど……でもみんなが喜ぶんなら……それにカレンさんにとってモデル初仕事だって言うし、私が参加する事で丸く収まるんなら仕方ないかな……」

俺が余計な事を言ったせいで、燈子先輩を巻き込んでしまったのか？

しばらくしてカレンと斎藤ディレクターが戻って来た。

二人の後ろには背の高い男の人が一緒にいる。

さっきまではいなかった人だ。後から合流したのか？　かなりのイケメンだ。

斎藤さんが俺と燈子先輩の前に来て言った。

「いやぁ、桜島さんが承諾してくれて助かったよ。これで今回の撮影はグッといいものに出来る」

そう言って斎藤さんは背の高いイケメンを手のひらで指した。

「こちらが桜島さんの相手役になるモデルの御堂健太郎《みどうけんたろう》くん。けっこう有名だから知ってるかな」

紹介された御堂が前に進み出る。

「初めまして。御堂健太郎です。いやぁ、こんなキレイな人と結婚式の撮影だなんてラッキーだなぁ」

そう言ってごく自然に燈子先輩の手を握る。

「明日はよろしくネ」

イケメンらしい爽やかな笑顔を浮かべてそう言った。

「ハ、ハイ、こちらこそよろしく……」

燈子先輩が若干身体《からだ》を引き気味にして答えた。

「あれ、もしかして緊張してる？　大丈夫だよ、そんなに固くならなくても。そうだ、今の内に撮影イメージとか、一緒にチェックしておこうか？」

御堂はスルリと、まったくよどみなく右手を燈子先輩の背中に回した。

そのまま肩を抱くようにして、撮影スタッフの方に連れて行く。

俺はその一連の動作の素早さ・躊躇《ためら》いの無さに、呆気《あっけ》に取られていた。

俺なら燈子先輩の肩を、あんな風に流れるように抱く事なんて絶対に出来ない。

「じゃあ、一色君だっけ？　君も明日はよろしく頼むね」

斎藤さんはとりあえずな感じでそう言うと、御堂と燈子先輩の方に走って行った。

（な、なんなんだ、一体……しかも燈子先輩に馴《な》れ馴《な》れしくしやがって）

御堂は撮影場所や立ち位置の確認と言いつつ、やたらと燈子先輩にボディタッチを繰り返していた。

俺の心の中にジワジワと怒りが込み上げて来る。

やっぱり撮影モデルなんて断って、さっさと立ち去るべきだったか？

「あらら～、あのイケメンモデル、すっかり燈子がお気に入りみたいね～」

カレンがまるっきり自分は無関係のようにそう言った。

俺が睨《にら》むと、カレンはニヤリと笑う。

「あのモデル、相当に女に慣れてそうだね。あの燈子に断る隙も与えず、自分のペースに巻き込んでいるもん。絶妙に距離を詰めて、自然に身体に触れてるよね」

俺が無言でいると、さらにカレンは俺の顔を覗《のぞ》き込むようにした。

「これは意外と危険かもよ。女慣れしているイケメンは、誘い出すのも上手《うま》いからね」

「燈子先輩がそんなのに乗る訳ないだろ」

「そりゃわからないよ。燈子みたいなタイプは正論を言われると断れないからね。『明日の撮影前に台本の読み合わせをしたい』とか言われたら、反対できないんじゃない？」

俺はカレンを無視する事にした。

だが目だけは燈子先輩と御堂を追っていた。

十二　二人の無人島漂流記

俺はイライラしていた。

さっきからリビングとテラスを行ったり来たりしている。

そして夕暮れ時のテラスに出ては、隣のヴィラの様子を窺《うかが》っていた。

その理由は……燈子《とうこ》先輩が隣のヴィラに呼び出されたからだ。

少し前に連絡が入り「夕食の前に、明日の撮影で使うウェディング・ドレスのサイズだけチェックして欲しい」と言われたのだ。

それも燈子先輩だけが……。

カレンは「事前にサイズを聞いてあるので問題ない」という事だったが、それでも燈子先輩だけ呼び出すなんて疑問を感じる。

カレンの言う通り、相手役の御堂健太郎《みどうけんたろう》は相当に燈子先輩を気に入っていたし。

「優《ゆう》、少しは落ち着けよ」

ソファにだらしなく座っている石田《いしだ》が、目線だけ俺に向けてそう言った。

「燈子先輩、まだ帰って来ないいな」

「出てってから、まだ三十分も経《た》ってないじゃないか。そんなにすぐは終わらないだろ」

「でもあの御堂ってモデル、明らかに燈子先輩を狙っていた」

「そうだとしても、向こうにはディレクターの斎藤《さいとう》さんや、他のスタッフも一緒に居るんだろ？　そんな変な事にはならないだろうが」

「そりゃそうかもしれないけど……ちょっと様子を見に行ってみようかな」

ここのヴィラから隣までは、大して離れていない。庭も繋《つな》がっているから隣の様子を覗く事は可能だろう。

「行ってどうするんだ？」

「えっ？」

俺は石田の言った意味が解《わか》らなかった。

「様子を見に行って、どうするつもりなんだよ」

「そりゃ、燈子先輩がアッチの飲み会とかに付き合わされていたら、迎えに行くとか」

「迎えに行く？　もし燈子先輩が自分の意志で向こうに居たいと思っていたら、どうする気だ？　優に連れ出す権利なんて無いんだぞ。オマエは燈子先輩の彼氏でも何でもないんだからな」

俺は言葉に詰まった。

確かに石田の言う通りだ。燈子先輩が『アッチの飲み会に参加したい』と思ったのなら、俺にそれを止める権利はない。

たとえその結果、燈子先輩があの御堂健太郎を気に入ろうとも……。

「……燈子先輩は、そんな風には思わないよ、きっと……」

俺は石田への反論と、自分に言い聞かせるためにそう口にした。

そんな俺の弱々しい言葉を聞いた石田はソファから立ち上がり、俺の肩を掴《つか》んだ。

「優、オマエ、何のためにこの沖縄に来たんだ？　この旅行に来る前に自分で誓った事を忘れたのか？」

「……」

「関係が壊れてしまうのが怖いのはわかるよ。俺だってオマエの立場だったら、そんなに即座に行動できるか自信ない。だけど優が今のままの態度だったら、いつかは燈子先輩は誰かのモノになっちまうって話だよ。その時になってから後悔しても遅いだろ？」

そうだ、俺はこの旅行中で燈子先輩に告白するって決めて来たはずだ。

いまここでビビッていてどうするんだ。

「帰るのは明後日《あさって》だ。グズグズしている時間はないぞ」

石田が後押しするように俺の背中を叩《たた》いた。そのままリビングを出ていく。

それと入れ替わるように、カレンがリビングに入って来た。

「ちょうど良かった。優くん、一美《かずみ》さんが頼んでいたビールがフロントに届いたって。悪いけど取って来てくれない？」

このヴィラは二棟で一組となっており、庭や通路などを共有している。

フロントに行くには隣のヴィラの前を通る。

向こうの様子も気になるし、ちょうどいいかもしれない。

「わかった」

俺は了承すると、すぐにヴィラを出た。

気になっていたディレクター達がいるヴィラからは、打ち合わせらしい会話が聞こえて来るだけだ。俺が心配するような事は無いらしい。

しかしフロントに行くと、ビールの話は知らないと言う。

（カレンの奴《やつ》、いい加減な事を言いやがって……）

そう思いながら自分達のヴィラに戻ろうとした時だ。

「優さん」

途中の海岸に出る小道の所で、そう声を掛けられた。

声の方を見ると明華《めいか》ちゃんだ。

「明華ちゃん？　こんな所で何をしてるの？」

「ちょっと優さんと話をしたいと思って……」

「話ならこんな所じゃなくってヴィラの方が良くない？　もうだいぶ暗くなって来たし」

既に太陽は島陰に沈み、空はオレンジから群青色に変わろうとしていた。

「優さんと二人だけで話をしたいんです！」

明華ちゃんはキッパリとそう言った。

(俺と二人っきりで話？)

ちょっと不穏なものを感じる。

だが彼女が真剣にこう言っているのを、拒む事もできない。

「わかったよ。それで話って何？」

「ここだと誰が来るかわからないので、コッチに来て貰《もら》えますか？」

明華ちゃんはそう言って海岸に出る小道を降りていった。

俺もその後に続く。

俺たちは暗くなった海岸に出た。

砂浜だが左側は岩場になっていて、その向こうにはちょっとした島のように植物が生い茂っている場所がある。干潮の今なら岩場伝いに島まで歩いて行けるだろう。

「ここまで来ればいいんじゃない？」

俺がそう言うと、明華ちゃんは海を見たまま口を開いた。

「優さんは、燈子さんが好きなんですよね？」

(いきなり直球だな)

俺はそう思いながらも答えた。

「ああ」

「女性として？」

「女性としてだよ」

「そうは見えなかったんだけどなぁ」

明華ちゃんは砂を蹴りながら、俺の目の前を横切るように歩いた。

「優さんは前に『私の優さんへの想《おも》いは憧れだ』って言いましたよね？」

確かにそう言った。あれはサークルのスキー合宿に明華ちゃんが付いて来た時の事だ。

「今は逆に、優さんの燈子さんへの想いが憧れのように見えるんです」

「どうして？」

「だって優さん、あんまり燈子さんに積極的に見えないんだもん。いつも目で追っているだけで……」

(俺、そんなに積極的じゃないのかな)

「燈子さんだって、優さんの事を気に入っているとは思うけど、それって男性として好きなのか微妙な感じですし」

「それは、そうかもしれないね」

「だから、私にもまだチャンスがあるかな、ってそう思っちゃうんです」

俺が曖昧な態度を取り続けているって事か……。

「優さん、本当は私の事をどう思っているんですか？」

「どうって？」

「私の事を女性として好きかどうかです。友達の妹とか、そんなのじゃなくって」

俺は少しだけ考えた。でも答えは一緒だ。

「明華ちゃんに対して、今は女性としての好意は持てない。それは変わらない」

「優さんは、燈子さんだけが好きって事ですね。ＬＯＶＥの意味で」

「そうだ」

明華ちゃんは俺に背を向けて海の方を見た。

「結局、私はまたフラれたんですね」

俺は何と言っていいのか解《わか》らなかった。

この場だけの慰めの言葉では意味がない。

「中一の時から五年間も優さんの事が好きだったんだけどな……」

「……」

「優さんがウチに遊びに来た時、目が合うとドキドキしてました。話しかけてもらうと、一日中ハッピーな気持ちでした。ぜ～んぶ、私の勘違いだったんですね」

「勘違いとか、そういうんじゃ……」

「取り繕わなくていいです。それより最後に、三つお願いを聞いてもらえますか？」

「どんなこと？」

明華ちゃんは、しばらく無言で暗くなった海を見ていた。

やがて思い切ったように『お願い』を口にする。

「一つは、明日のブライダル・フェアの事です。私もウェディング・ドレスを着て写真を撮るんですけど、一枚は優さんと一緒に撮って貰いたいんです」

写真か。俺もその時は結婚式用の白いタキシードを着ているはずだ。

そのくらいならいいだろう。

「わかった」

「二つ目は、これからも優さんを好きでいる事を許して下さい。私が優さんを好きじゃなくなるまで」

「それって……」

「別に優さんに『私を好きになって』なんて言いません。つきまとったりもしません。ただ思っているだけでいいんです。私を避けたりしないで、今まで通り接してくれれば……」

「……」

「優さんの事を好きでいるだけなら、私の自由だと思うんですけど？」

「わかったよ。それで最後のお願いは？」

しばらく彼女は、黙って海を見ていた。

「明華ちゃん？」

俺が声を掛けた時……。

明華ちゃんは振り返るなり、俺にぶつかるように抱き着いて来た。

そのまま俺の胸に顔を埋《うず》めるようにして囁《ささや》く。

「最後に、私の事を『好き』って言って下さい。ウソでもいいですから……」

「俺は明華ちゃんの事は好きだよ。でもそれは恋人としてではなくって」

「それでもいいです。一度だけ、ハッキリと言って貰えれば」

しばらく俺たちはそのままの姿勢でいた。

言うべきかどうか、迷っていたのだ。

（だけど彼女はここまで本気で俺を好きでいてくれたんだ。それに少しは応えても……）

「あくまで、友達の妹としてだよ。異性としてじゃないからね」

俺がそう念を押すように言うと、明華ちゃんはコクリと頷いた。

俺は大きく深呼吸をした。そして……、

「明華ちゃん、好きだよ」

ガサッ
少し離れた場所の繁《しげ》みから音がした。

咄嗟《とっさ》にそっちに視線を向けると、一瞬だけ髪の長い女性の後ろ姿が見えた。

……燈子先輩？……

「ゴメンッ！　明華ちゃん！」

俺は彼女から身体《からだ》を離すと、その姿が見えた方に走り出した。

（まさか燈子先輩が、今の会話を聞いていた？）

彼女が逃げて行ったのは、同じ海岸でも岩場の方だ。

亜熱帯の灌木《かんぼく》を貫く遊歩道を走る。

五十メートルほど走った所で、急に繁みが切れる。海岸に出たのだ。

そして岩場となっている海岸を、人影が進んでいくのが見える。

服装からして間違いない、燈子先輩だ。

その先には、砂浜からも見えた植物が生い茂った島が見える。

「燈子先輩！」

俺は大声で呼びかけた。

だが燈子先輩は答えない。そのまま真《ま》っ直《す》ぐに島の方に向かって逃げていく。

その足取りは危なっかしい。濡《ぬ》れた岩場のため尚更《なおさら》だ。

しかも岩場の所々は波に洗われている。かなり滑りやすい。

俺も岩場の上をバランスを取りながら進んだ。

「燈子先輩、待ってください！」

「なんで付いて来るのよ！」

燈子先輩は逃げながらそう叫んだ。

「こんな暗い中、夜の海を走ったら危ないですよ！」

「だったら付いて来ないでよ！」

「燈子先輩が、逃げてるからじゃないですか！」

「一色《いっしき》君が追いかけて来るからでしょ！」

前を走る燈子先輩との距離が縮まって来た。

だが岩場で急に彼女を捕まえるのは危険だろう。

もう島は目の前だ。島にたどり着いた所で捕まえれば……。

そう思っていた時だ。

「あっ！」

燈子先輩が小さく叫び声を上げて、前につんのめった。

岩場から島の砂浜に切り替わった所で、足を取られたらしい。

咄嗟に俺は燈子先輩の身体を抱きかかえる。

だが勢いがついた燈子先輩の身体を、砂地で支え切る事は出来なかった。

そのまま二人揃《そろ》って砂浜に転がってしまう。

俺は燈子先輩がケガをしないように、しっかりと抱きしめていた。

転んだ所は波打ち際だ。二人とも寄せて来る波でずぶ濡れになってしまった。

「大丈夫ですか？　ケガとかしていませんか？」

上半身を起こした俺は、そう尋ねた。

砂に隠れた岩で、燈子先輩がケガをしてないか心配だったのだ。

「ん……大丈夫。それに、君がクッションになってくれたし……」

だが燈子先輩はすぐにプイッと横を向いてしまった。

「私の事なんか構わずに、明華さんの所に行けばいいでしょ！」

（やっぱり、さっきのやり取りを聞いていたんだ……）

「どこから聞いていたのか知りませんが、それはきっと誤解……」

「明華さん、とっても可愛《かわい》いものね。私みたいに理屈っぽくないし、凄《すご》く一色君を慕って
くれるし、素直に『好き』って言ってくれるし……」

「話を聞いて下さい」

「別に私の事なんて気にしてないんでしょ。もう放っておいてよ」

「ちょっと、俺の話を……」

「私、色んな女の子にフラフラしている男って、大っ嫌いなの！」

あまりに燈子先輩が話を聞いてくれないので、俺も腹が立って来た。

「不貞腐《ふてくさ》っている女は可愛くないですよ」

思わずそう言ってしまった。

すると燈子先輩は目を見開いて俺を見る。

そしてすぐに再びそっぽを向いた。

「どうせ私は可愛くない女です。えーえー、自分でよぉ〜くわかってますから」

「いや、だからそういう意味じゃなくって……」

「カワイイ明華さんの所に戻ったら？　一人っ子の一色君には、説教臭いお姉さんより、純粋に可愛い妹タイプの方がお似合いでしょ」

さすがの俺もプチッと来た。

「本当に可愛くないですね、燈子先輩！　どんな美人でもそんな言い方をしていたら……」

そこまで言ってハッとした。

横顔しか見えていなかったが、燈子先輩は目に涙を浮かべていたのだ。

「あの……燈子先輩」

だが燈子先輩は膝を抱えて、そこに自分の顔を埋めていた。

「もう……もう……放っておいてよ。私に気があるフリなんてしないでさ……」

そのまま彼女は黙ってしまった。時々肩を震わせながら……。

俺はそんな燈子先輩を黙って見つめていた。

（少し気持ちが落ち着くのを待つしかない）

そう思ったためだ。

しばらくして俺は静かに話しかけた。

「俺の曖昧な態度が、燈子先輩に誤解させてしまいました。その点は反省しています。でも俺はそういうのを、この旅行で全てハッキリさせようと思っています」

その言葉を聞いて、燈子先輩が微《かす》かに頭を上げた。腕の間から俺を見る。

「色々と誤解というか勘違いがあるようなので……それを説明させて下さい。俺もこのままでは納得できません」

「………………」

「とりあえず一度、浜まで戻りませんか？　そこでゆっくり話を聞いて欲しいんです」

「ん……わかったよ……」

燈子先輩は一度「くすん」と鼻を小さく鳴らして、ゆっくりと立ち上がった。

だがその時、俺は固まっていた。

燈子先輩も立ち上がったまま、驚いたような目をして眼前の海を見ている。

二人が口を開いたのは、ほぼ同時だ。

「俺たち」「私たち」

「「どこから来たんだっけ？」」

目の前には海が広がっているだけで、歩いて来た岩場が消えていた。

俺は暗い海をじっと見つめていた。

俺たちが渡って来たと思われる岩場は、潮が満ちて来て海中に沈んでしまったのだ。

所々に黒く海面から顔を出している岩もあるが、正確にはどこが歩けるか解《わか》らない。

「通って来た所が沈んじゃったみたいね」

燈子先輩が諦めたような口調で言った。

「でも潮が満ちてから、そんなに時間が経《た》ってないはずです。今の内ならまだ岸に戻れるんじゃないでしょうか。岸まで五十メートルもないですし」

俺は対岸を指さしたが、燈子先輩は頭を左右に振る。

「夜の海って思った以上に危ないのよ。沖縄の海には危険生物もいるしね。モデルの人が刺されたって言うハブクラゲ。人間でも死に至る毒で刺すイモガイ、特にアンボイナガイは『ハブガイ』と呼ばれるくらい強力な毒を持っているわ。それ以外に靴底さえ貫通する毒針を持つオニダルマオコゼ。どれも刺されたら命に係《かか》わるわ」

「でもそんな危険生物は滅多《めった》にいないでしょ？　来る時は大丈夫だったんだし。もし燈子先輩が怖いなら、俺が背負って岸まで行きますよ」

「そういう問題じゃないでしょ。それに潮が動き始めた時は、けっこう流れが強いのよ。足を取られる恐れがあるわ。おまけにこの暗さじゃどこが歩けるかなんてわからない。もし足を滑らせてそのまま流されたら、それこそ助からない……」

「でもこのままじゃ、ここで一泊する事になりますよ」

「一色君はスマホは持って来てないの？」

「部屋に置いてきちゃいました。フロントにビールを取りに行っただけだから」

「私もさっき充電が切れちゃって……」

俺たちは顔を見合わせる。

二人ともブルッと身体を震わせた。

「どうしましょうか。このままじゃ服だってびしょ濡れだし」

沖縄とは言え、服が濡れたまま夜を迎えれば身体が冷えてしまう。

実際、俺はけっこうな寒さを感じていた。

「そうね。仕方がないから火を起こしましょう。服を乾かしたいし、誰かが気づいてくれるかもしれないから。幸い、私はライターを持っているわ」

昨夜のバーベキューのため、俺もポケットにライターを入れたままだ。

「俺もです。じゃあ流木とか燃えそうな物を集めてきます」

どうやらいつもの冷静な燈子先輩が戻ってくれたみたいだ。

安心しつつ、ちょっと残念なような気もしながら、俺は焚火《たきび》の準備に取り掛かった。

海岸にある流木や枯れ木、それに焚《た》き付《つ》けになりそうな枯れ葉やシュロの繊維を集めて来る。短時間でけっこうな量の枯れ木が集まった。

ライターのお陰ですぐに火を起こせる。この点は不幸中の幸いだ。

「服、乾かしませんか？」

俺がそう言うと、燈子先輩は横目で俺を見てしばらく後、「そうね」と言った。

汚れていない木の棒を組んで物干しを作る。

二人とも着ていた服を脱いで物干しに掛け、焚火から少し離して乾かす。

よって俺はパンツ一丁、燈子先輩はブラとパンティだけの姿だ。

汚れていないブルーシートを敷いて、二人で並んで焚火の前に座った。

暗闇の中、燈子先輩の白い肌が鮮やかに目に映る。

ついついソッチの方に目が行ってしまう。

「さっきからちょくちょく私の事を見てない？」

不意に燈子先輩がそう言った。

(見てません！)

そう言おうと思ったが、この状況では嘘《うそ》である事は明白だ。

「すみません。ソッチは見ないようにします」

「見てもいいよ」

思いもかけない返事に、俺は別の意味で燈子先輩の方を見てしまった。

「この状況なら『見るな』って言っても、目に入っちゃうだろうし。そもそも今回は水着で散々見られているんだから……ビキニと違いは無いしね」

「はぁ」

「それに……」

しばらく燈子先輩の言葉を待つ。

しかし彼女から次の言葉が出てこない。

「なんですか？」

「ううん、なんでもない。やっぱりいいや」

「言いかけて途中で止《や》められると、気になるんですが」

「また『可愛くない』って思った？」

「その話、蒸し返します？」

「『話は後で』って、さっきそう言ってなかった？」

「口では燈子先輩に勝てませんね」

俺は苦笑した。

すると燈子先輩は空を見上げた。

「私って本当に可愛さが無いよね。理屈っぽいし、すぐに議論になっちゃうし、しかも相手を言い負かそうとするし。男子にとって一番嫌なタイプの女なのかもね。こんなんじゃ、カレンさんや明華さんに負けちゃうのは当然だよね」

「そうですね」

俺も続いて夜空を見上げる。既に星が一面に輝いている。

「燈子先輩って、塩対応な態度も多いし、夢がない事をズバッと言うし、すぐに話を結論に持って行こうとするし、正論を吐いて譲らない時も多いし……そのくせ、すぐにスネたり落ち込んだりして。一度怒り出すと中々機嫌を直してくれないし」

燈子先輩が俺を振り向いた。

「ちょっと、そこまで言う？　明華さんと付き合うにしても、もうちょっと私に配慮した丸い言い方があるんじゃない？」

「でも俺は、燈子先輩のそんな可愛くない所も含めて、可愛いと思っています」

燈子先輩の動きが止まる。

俺は話し続けた。

「燈子先輩は一見クールな感じですけど、でも本当はとっても他人に優しくって……話し方も普段は理性的で論理的なんですけど、時々子供っぽい所が垣間見《かいまみ》えて……頑固で意地っぱりなんだけど、本音では凄く傷つきやすい女の子で……そんなギャップも含めて、俺は燈子先輩を凄く可愛い女の子だと思っています」

そうして俺は彼女を見た。

燈子先輩は赤い顔で目を丸くして俺を見ている。

「燈子先輩、俺は燈子先輩が好きです。いや、好きって言葉じゃ足らない。燈子先輩は俺が一番つらくて悲しい時に一緒に居てくれた。そして心の穴を埋めてくれた、かけがえのない人です。俺は燈子先輩にずっとそばに居て欲しい。だから……」

「ちょっ、ちょっと待って！」

燈子先輩は押し留《おとど》めるように両手を突き出した。

「一色君はさっき、明華さんに『好きだ』って言っていたじゃない」

やっぱりソコを聞いていたんだな。

「アレは明華ちゃんに『最後にウソでもいいから好きって言って欲しい』って言われたんです。俺も『恋人としてじゃなく』って前置きしたんですが……良くなかったと思っています」

「ウソで好きだって……言ったの？」

「あの場はああ言った方が良いと思って……もちろん明華ちゃんも理解しての上です」

「なによ、ソレ。そんな事、ウソでも言うもんじゃないわ！」

燈子先輩はプッとふくれっ面で横を向いた。

「そうですね。反省してます」

「それにどうして急に、こんな事を言い出したの？　今まで私にそんな風に言ってきた事はないじゃない」

「俺が近づくと、燈子先輩は逃げようとする。アナタはいつも俺と一定の距離を保ってい
る、そう感じていました。それを無理に縮めようとしたら、燈子先輩との関係そのものが
壊れてしまいそうで……怖かったんです」

「壊れてしまいそうで……怖かった？」

「はい。でも今のままズルズル行っても、いつかは燈子先輩は離れてしまうかもしれない。

だからこの旅行中には告白しようと思っていました」

するとと燈子先輩は、抱えた膝の上に顎を乗せて自嘲的に言った。

「茹《ゆ》でガエルだったのは、私の方かもしれないね」

「えっ？」

「私の誕生日の事、覚えているでしょ？」

俺が『燈子先輩の初恋の相手』を口にして怒らせた事か。

「はい……あの時はすみませんでした」

「ううん、そんな事じゃないの。怒って見せたけど、本当は私は、君にそんな事を知られ
たくなかっただけかもしれない」

そうして燈子先輩は顔を傾けて俺を見た。

「三条さんの事を聞かれて怒るなんて、私がまだ、心のどこかで拘《こだわ》っていたのかな？」

それまで見た事がないような、不思議な表情を燈子先輩はしていた。

「あの、俺、別に無理に聞こうなんて思っていませんから」

すると燈子先輩は静かに首を左右にした。

「ううん、違うの。聞いて欲しいんだ、一色君になら……私の初恋の事……」

燈子先輩の初恋……。

俺は改まった思いで、焚火の前に座り直した。

「君が言った通り、三条さんは私が中三の時から高校三年の終わりまでの四年間、家庭教師をしてくれていたの。それは知っているわね？」

「はい」

「三条さんは東大医学部、あ、入学時は理科三類だね、の学生で、父の友人の息子さんなの。私が中三の時に三条さんは大学一年だから歳《とし》は四つ違い。私にとって三条さんは理想のお兄さんって感じだった。カレンさんが言った通りだね」

昨夜カレンは「女の一人っ子や姉妹は、お兄さんタイプが理想」だと言っていた。

「中学の時の私は、軽くクラスで孤立している感じだったんだ。男子と一部の女子に『お高く止まっている』みたいに言われていて。一美とは仲が良かったけど、別のクラスだったしね。仲がいいと思っていた男子も『美人でお高く止まっている女より、ちょっとドジでも可愛《かわい》い女の方がいい』って他の男子と話していたわ」

中学生くらいならそうだろうな、と俺も思った。

あの年代は美人よりも、身近でユルそうな子の方が人気がありがちだ。

「そんな頃、三条さんはいつもニコニコして私の話を聞いてくれた。ただ聞いてくれるだけじゃなくって、私の悩みを一緒に考えてくれて……今から考えれば、大した悩みじゃなかったんだけどね。でも決して馬鹿にする事なく、真剣に向き合ってくれていた。だから私は三条さんにだけは、本音で色んな事を話す事が出来たんだ」

そうして燈子先輩は、俺の事を指さした。

「頭が良くって優しくて、いつも真剣に悩みを聞いてくれる理想のお兄さん。その人に好意を抱いている私。誰かと誰かに似てない？」

そう言われても、俺には何も答えられない。

そんな俺を見て、燈子先輩が「フフ」と笑う。

「明華さんを見ていると、あの頃の自分を思い出すわ」

「燈子先輩はそれからずっと、三条さんの事を好きだったんですね」

「そうね、大学一年の冬まで丸五年もね。そんな所も明華さんと似てるわね」

「一度も三条さんに告白はしなかったんですか？」

燈子先輩は焚火の外側の木の枝を摑《つか》み、それを炎の中心部分に刺し入れた。

「最初に告白しようと思ったのは、高三のバレンタインの時かな。それまでは三条さんに毎週会えたし、告白した事で気まずくなるのも嫌だったしね。でもその時は勇気がなくて言えなかった。私も『告白した事で、今までの関係が壊れてしまう事』が怖かったの」

それで『茹でガエルは自分の方』って言ったのか……。

「でも大学に入って、会えなくなってから気づいたんだ。『いつまでも同じ関係でいられる訳じゃない』って」

「燈子先輩の両親は相手の三条さんを気に入っていて、将来は結婚させたいっていう話じゃなかったんですか？」

「そんな事まで聞いたの？」

燈子先輩は少しビックリしたようだ。

「確かに私の両親は三条さんを気に入っていたわ。出来れば私と結婚して、父の病院を継いでほしいという気持ちもあったみたい。それで私も『告白なんてしなくても大丈夫』って気持ちが、どこかにあったのかもしれないね」

そして燈子先輩が自嘲的に笑う。

「でもそんなのはアテにはならないわ。婚約をしている訳じゃないし。そもそも三条さんにそんな気があったとは思えない。私は『妹』としか見られていなかったしね」

（『妹』としか見られていない……か）

俺は明華ちゃんの悲しそうな顔を思い出した。

「それまで毎週会っていた三条さんに会えない……このままずっと離れてしまうかもしれない……。それがたまらなく嫌で、大学一年のバレンタインデーに私は彼を呼び出したの。『三条さんが好きです。恋人にして下さい』って伝えようと思って……」

その光景が目に浮かぶようだ。

喫茶店に向かい合って座る二人。

燈子先輩は必死に何かを訴えようとして、その前には何も気づかないかのような三条秀人《ひでと》が居て……。

「けっこう長い時間、話をしたんだけど、私は中々言い出せなくって……そうしたら三条さんに電話が来たの。その相手は女の人だった。私が『誰ですか？』って聞いたら『新しく出来た彼女なんだ。去年のクリスマスから付き合うようになった』って言われて……私はもう何も言えなかったわ。ただ『私の五年間の初恋は終わったんだ』って……涙を堪《こら》えるのに必死だった。その後の事はよく覚えていないんだけど、最後に彼が言ったのは『甘え上手っていうか、俺がいないとダメだなって思うタイプの娘《こ》なんだ。それが可愛くってね』って言葉だった」

燈子先輩でも、こんな失恋をするんだな……。

「それで鴨倉《かもくら》先輩と付き合う事に？」

俺がそう尋ねると、燈子先輩は少しの間、考えるような顔をした。

「その後にもう一つ事件があってね。春休みの終わり頃、三条さんの彼女、赤坂奈々《あかさかなな》さんって言うんだけど、その赤坂さんに呼び出されたの。『これ以上、三条に近づかないで』って」

（嫌な女だな、ソイツ……）

俺はなぜかカレンを思い出した。

「それで私も意地になって『そんなつもりはありません！　私にはもう彼氏がいるんです！』って言っちゃってね。その時に高校時代から何度もアタックしてくれていた哲也《てつや》を思い出したの。ちょうどいいかなって。それで次に哲也が告白した時にＯＫしたって感じ」

そうだったのか。

今まで俺は『なぜ燈子先輩が鴨倉なんかと付き合う事になったのか』ずっと疑問だった。

その全ての答えがこれなのだ。

燈子先輩が俺を見て、ニッコリ微笑《ほほえ》んだ。

「他に聞きたい事はある？　この際だから何でも答えてあげるよ」

俺はしばらく考える。

「じゃあ、一つだけ教えて下さい。三条さんってどんな人だったんですか？」

燈子先輩は膝を抱えたまま、顎に拳を当てて思い出すような素振りをした。

「そうだね。ともかく優しい人だったな。そしていつも私の話を親身になって聞いてくれた。色んな事を知っていて、それを私に話してくれたんだ。私がどんな話題を持ち出しても、彼を上回る事は出来なかった。それがけっこう悔しくってね、私も色々勉強したんだけど」

「やっぱりイケメンだったんですか？　鴨倉先輩みたいに？」

「う〜ん、イケメンだとは思うけど、哲也とは全然違うタイプかな。大学生だったけどけっこう童顔でね」

燈子先輩は俺の方を見た。

「どっちかって言うと、むしろ一色君に似てるよ。優しく笑った所とかソックリかも」

俺はそれを聞いて複雑な気持ちがした。

「もしかして、燈子先輩が最初に俺を気にしてくれたのは……俺がその人に似ていたから？」

いきなり両方の頬《ほお》をつねられた。

「まだそんな事を言うのは、この口か？　この口なのか？」

燈子先輩の怒った顔がアップで迫る。

その両手が思いっきり俺の頬をつねり上げていた。

「い、いひゃい。いひゃいれふ、とうふぉふぇんふぁい」

「一色君が変な事を言うからでしょ！」

そう言ってやっと手を放してくれた。

俺は頬をさすりながらグチった。

「燈子先輩が何でも聞いていいって言ったのに……」

「質問は許したけど、そんな風に誰かと比べる事を許してはいません！」

燈子先輩はツンと正面を向いた。

「酷《ひど》いなぁ」

すると怒った顔をしていた燈子先輩は、我慢出来なくなったように笑みを漏らした。

「でもきっと、そんな所も一色君らしくて、私は好きなのかも」

星空の中、優しく笑う燈子先輩に、俺は胸がキュンと高鳴るのを感じた。

「さぁ〜て、これで私の話は全部終わり！　次は君の番だよ」

「俺の番……ですか？」

「そう。さっきは私が、君の話を途中で打ち切っちゃったでしょ？　だからその続きを言って欲しいな」

「いきなりそう言われても……なんか気勢を削《そ》がれたって言うか……」

「じゃあこのまま別のタイミングを待つ？　茹でガエルみたいに？」

燈子先輩がまるで挑むような目で俺を見た。

そうだ。このまま引っ込んだんじゃ、俺は何のためにここに来たのか。

そして燈子先輩は何のために、この話をしてくれたのか？

「……いえ……」

俺は身体ごと燈子先輩に向き直った。

「すうっ」と深く息を吸い込む。

「俺は燈子先輩の全てが好きです。俺にとってアナタが最高に可愛い女性です。燈子先輩にずっとそばに居て欲しい。燈子先輩を誰にも渡したくない」

俺は頭を下げて右手を差し出した。

「俺と付き合って下さい」

「さ〜あ、どうしよっかなぁ〜」

思わず俺はズッコケる所だった。

この展開は告白が成功するパターンじゃないの？

今までのフリは何だったんだ？

「返事は保留って事ですか？」

「そんな事じゃないんだけど……」

燈子先輩は視線を逸《そ》らした。

「いくつか、条件があるの……」

「条件って、何でしょうか？」

そう聞いた俺に、燈子先輩は指を立てた。

「まず第一に、私が言った事を信じて欲しい」

「俺、燈子先輩の事を信じてますけど？」

「本当に？」

「本当ですよ」

「私と三条さんの間に何かあったんじゃないかって、そう思ってなかった？　哲也に言われて」

うぐっ
俺は息を飲んだ。

別に疑っていた訳じゃないんだが……確かにそんな想像が頭にあった事は否定できない。

「そんな風に思われていたら、嫌に決まってるじゃない。だから私と付き合うなら、私の言った事を信じて欲しい」

「わかりました。燈子先輩の言う事を信じます」

「二番目はそれ。『燈子先輩』って言うのも止《や》めて。恋人に対する呼び方じゃないでしょう？」

「それはまぁ確かに……じゃあこれから『燈子さん』でいいですか？」

「まだ堅苦しい感じがするけど……当分はそれでいいわ。でももう敬語も止めて欲しいな」

「それは今すぐには直せないと思います。もうこの言い方に慣れてしまったから」

「じゃあしばらくは仕方がないとして。でも直すように努力はしてね」

「善処します」

「ぜんぜん善処してないよ。普通は彼女にそんな言い方する？」

そう言って燈子先輩は笑った。

「じゃあ燈子先輩も」

「減点一だよ、それ」

「燈子さんも、俺の事を『一色くん』じゃなくって、他の呼び方にして下さい」

「他の呼び方？……それじゃあ名前呼びにしようかな」

「はい、それでお願いします」

「優くん……」

そう言いながら燈子先輩、もとい、燈子さんが顔を赤らめた。またもやキュンと来た。

下着姿で恥ずかしがりながら俺の名を読んだ彼女を、思わず抱きしめたくなる。

「どうしたの？」

「いえ、何でもないです……とりあえず落ち着きました。それで条件は全部ですか？」

「最後に一つ。もう明華さんに思わせぶりな態度はとらない事。これは絶対条件！」

「わかりました。その点はハッキリさせます」

「私、優くんが思っている以上に嫉妬深いんだから。浮気は絶対に許さないからね！」

そう言って燈子さんは、俺の腕にぎゅっと強くしがみついて来た。

まるで「もう逃がさない」と言わんばかりに。

燈子さんの弾力あるバストが、ブラジャー越しに感じられる。

そして胸の谷間の部分は、俺の腕と直接接触している。

ヤバイ、無人島で二人っきりでこんな……理性が吹っ飛びそうだ。

いや、これでお付き合いするなら、キスぐらいはしてもいいよな？

キスだけなら……。

「そ、それじゃあ、これで条件は全部クリアって事でいいですか？」

俺は燈子さんの方に再び顔を向けた。

自分では平静を装って言ったつもりだが……顔の筋肉が強張《こわば》っているような気がする。

そんな俺を、燈子さんはじっと見つめた。

「条件はいいけど、最後に私が出した宿題、考えてくれた？」

「初日に市場で夕食を取った時の、あの問題ですか？」

確か『気圧計でビルの高さを測る方法』って問題だ。

「そう。答えは思いついた？」

「あれから合間時間に考えていたんですけど、何も思いつかないんですよね。石田にも話したんですけど、わからないって」

「けっこう頭が固いんだね、二人とも」

「正解を求める問題じゃないって言ってましたよね？　フェルミ推定だとしても、どう考えればいいのか……」

「だから優くんは今まで気づかなかったんだろうね」

燈子さんが「ふ〜」とタメ息をついた。

「この問題は君が言うように、正解への考え方を探る方法を期待しているの。だから発想そのものを変える必要があるわ」

俺は燈子さんの言葉をじっと聞いていた。

「『気圧計でビルの高さを測る』、この方法の一つとして『気圧計をビルの屋上から落として、地面に着くまでの時間を測る』っていうのがあるわ」

「えっ、そんな方法？　それじゃあ気圧計は壊れてしまうし、そもそも気圧計である意味がないですよね？」

「そうよ。別に気圧計が壊れてはいけない、なんて前提条件はないしね。気圧計を使ってビルの高さが、より正確に測れればいいのよ」

「なんか……ズルイって感じがするんですけど」

「だから色んな角度から、正解に至る道を探すって言ったでしょ」

「はぁ」

「君の私に対する考え方も、これに近いと思ったの」

「どういう意味ですか？」

燈子さんは身体全体で俺に向き直ると、両手でそっと俺の頬を包んだ。

「君は、自分が私を好きなパターンしか考えていない……」

燈子さんの瞳が、俺を吸い込むように見ていた。

「その逆で、私が君を好きだって事……」

そのまま彼女はゆっくりと唇を重ねて来た。

一瞬、呆気《あっけ》に取られた俺だが、彼女の柔らかい唇を感じると、自分の腕を彼女の身体に回した。そのまま強く抱きしめる。

すると俺の頬を包んでいた腕が、スルリと俺の首に回された。

俺と彼女は、そのまま強く抱きしめあった。

(燈子さん……)

俺の中で強く何かが燃え上がった時……。

不意に燈子さんが唇を離した。

「なにか聞こえない？」

「なにか、ですか？」

そう思って耳を澄ませる。

「何も聞こえないですよ」

俺はそう言って、再び彼女を抱き寄せようとした。

「待って！　確かに、誰かの声が聞こえるわ」

再び俺も耳を澄ませた。

「お〜い、燈子ぉ〜」

聞こえた。それもけっこうハッキリと。

「一美さん？」

その次に「ゆ〜う〜」と言う石田の声も聞こえた。

「石田くんの声も聞こえるわ」

「もしかして、船か何かで俺たちを探しに来たのかも！」

俺と燈子さんはお互い、相手と自分の身体を見た。

二人とも下着のみだ。

「すぐに服を着ましょう。少しくらい濡《ぬ》れていてもいいから！」

燈子さんは飛び跳ねるように立ち上がると、焚火《たきび》のそばで干していた自分の服を手に取った。

俺も急いで服を身に着ける。二人とも着終わったのは同時だ。

それから間もなく、背後の繁《しげ》みがガサガサと音を立てた。

「やっぱり、ここにいたのか、燈子」

そう言って顔を出したのは一美さんだった。

そのすぐ後ろには石田が、続いてカレンと明華ちゃんが姿を現す。

「一美さん、石田。ここは満潮で島になっているはずなのに、どうやって？」

俺には、みんなが背後の島の方から現れたのが、不思議でならなかった。

「ここは満潮になると島みたいだけど、防波堤で繋《つな》がっているんだよ。それもヴィラのバーベキュー場からすぐに降りていけるようになっていてね」

一美さんがそう言った後を、石田が続けた。

「そろそろ夕食にしようと思ったのに、優と燈子先輩がいないだろ。そうしたら明華が戻って来て、二人は岩場の方に行ったたって。その内にケータリングの料理がバーベキュー場に用意されてさ。みんなで移動したら、下の島の方から人の声が聞こえて来たんだよ。さらにはチラチラと火みたいのも見えるし。それで優たちじゃないかと思って、探しに来たんだ」

俺と燈子さんは顔を見合わせた。

「それで……話の内容は聞こえたのか？」

恐る恐るそう聞くと、石田は首を左右に振った。

「いや、誰かが話しているのはわかったけど、内容までは聞き取れなかった。波の音もあったしな。時々話し声が聞こえる程度だったよ」

ホッと胸を撫《な》でおろした俺に、カレンが面白そうな顔で詰め寄って来た。

「アレアレ〜、なんでそんな事を気にするの？　アヤシィ〜。今まで二人だけで、ココで何をしていたの〜」

「何って、カレンに話す必要はないだろ」

だがカレンは俺の右手を指さした。その手は無意識に燈子さんの手を握っていた。

「でもガッチリと『恋人繋ぎ』をしているじゃん。今までそんな事はなかったのに」

言われて初めて気が付いた。

俺と燈子さんは、互いの指を絡めるようにして手を握っていた。

俗にいう『恋人繋ぎ』だ。

「こ、これは……」

焦った様子で燈子さんが口を開きかけた。手も放そうとする。

だが俺は逆にギュッと彼女の手を握りしめた。

「別にいいだろ。俺は燈子さんの恋人なんだから」

俺が堂々とそう言ったのは、みんなにとって予想外だったのだろう。

カレンでさえ、言葉を失っている。

「え、え、待って。じゃあ二人はついに、そういう関係になったって事？」

カレンが驚いたようにそう聞く。

「オマエの言う『そういう関係』とは違うかもしれないが、俺と燈子さんは付き合う事になったんだよ。俺が彼女に告白した」

「そうなのか、燈子？」

そう言ったのは一美さんだ。

「え、え、うん、まぁ、そう……」

燈子さんは恥ずかしそうに、辛うじてそう答える。

「おおおおっ、ついに、ついにか、優！」

石田が変な雄叫《おたけ》びを上げた。

なんかみんなの態度を見ていると、俺と燈子さんが最後の一線を越えたみたいなリアクションなんだが。

「よっし、それじゃあ早速お祝いのパーティと行くか！　上にはホテルの料理が用意されているしな！　ヴィラに戻るぞ」

一美さんがそう言って来た道を戻り始めた。みんながその後に続く。

明華ちゃんと俺の視線が合った。だが彼女はすぐに俺から視線を逸《そ》らせた。

(ごめん、明華ちゃん)

俺はそう心の中で謝りつつも、燈子さんの手を離さなかった。
そう、俺はこの先、自分からこの手を離す事は絶対にない。
俺はずっと、彼女と一緒に歩んでいくんだ。

十二・五　【燈子サイド】その夜の燈子

……俺は燈子《とうこ》先輩の全てが好きです……

……俺にとってアナタが最高に可愛《かわい》い女性です……

……燈子先輩を誰にも渡したくない……

……俺と付き合って下さい……

(言われちゃった……?)

ベッドの上で体育座りしていた私は、思わず枕をギュッと抱きしめる。

夕方の、島での一幕。

私はついに彼・一色優《いっしきゆう》に告白された。

彼の頭を下げて右手を差し出すシーンが思い出される。

恥ずかしさを隠して、それでも意を決して。

そんな彼が、可愛くも男らしく感じた。

あの時の事を思い出すと、心が温かくてポワポワする感じがする。

「今日はずいぶんと上機嫌だね、燈子」

ドレッサーの前で寝る前に乳液をつけていた一美《かずみ》が、鏡越しにそう言った。

「そ、そうかな？　一美の気のせいじゃない？」

「いやいや、昨夜とは大違いだよ。さっきからずっとニヤニヤしてる」

一美は軽く頬《ほお》を脱脂綿で押さえながら、私の方を振り返った。

正面から見られて言われると、途端に恥ずかしくなる。

「それはやっぱり、付き合う事になったんだから、機嫌が良くても当然じゃないの？」

照れ隠しに出来るだけ淡々と述べる。

そんな私を見て、一美はニヤリと笑った。

「違いはそれだけじゃないよ」

「他に何があるの？」

「鴨倉《かもくら》と付き合う事になった時と、今とだよ」

「哲也《てつや》と？」

せっかく幸せな気分なのに、嫌な事を思い出させないで欲しいんだけど。

しかし一美は言葉を続けた。

「前にアイツと付き合う事になった時は、『鴨倉さんと付き合う事になった』って、一言で素っ気なく言っただけだったんだ。アタシが心配して『どこが良かったんだ』って聞いた時も『以前から私を好きだって言っていたし、カッコイイから』って、まるで他人事《ひとごと》みたいに話していたよ」

私、そんな風に言っていたのか？

確かに、哲也が好きで付き合う事にした訳ではなかった。

それでも周囲には「彼氏が出来た時の女子」らしく振舞うように、気を付けていたつもりだったんだけど。

「そんな前の事、どうでもいいでしょ！　せっかくの幸せな気分を壊さないでよ！」

私は不満をそのまま口に出す。

「ゴメン、ゴメン。そうだな、今のはアタシが悪かった。デリカシーがなかったな」

そう言って一美は密着するように、私の隣に腰を下ろした。

「で、どんな風に告られたんだ、一色君には？」

「え、ええ？」

「アタシと燈子は親友だろ？　教えてよ」

私はちょっと躊躇《ためら》った後に、口を開いた。

「最初は浜で、一色君と明華《めいか》さんを見たの」

「？」一美は怪訝《けげん》な顔をした。

「近くに寄ってみたら、二人は抱き合っていて……それで一色君が明華さんに『好きだ』

って言って……」

「エエエェッ？　どーゆー事だ、ソレ？」

一美がひっくり返らんばかりにのけ反った。

「なんでそれで、燈子は付き合う気になったんだ!?」

「違うの。話を最後まで聞いて！」

一美は渋々口を閉じる。

「私もそれを見て、その場から逃げ出したんだけど……一色君が追いかけて来て……島で二人だけになってから、落ち着いて話をしたんだ。私はもう、彼は明華さんと付き合うんだと思って諦めていたんだけど、彼が私に『好きだ』って言い始めて……」

「それって二股パターンだよな？」

「だから話を聞いてって。私も驚いてその前の事を聞いたら、『あれは明華さんに、最後にウソでもいいから好きって言って欲しい』って言われたんだって」

それでもまだ一美は納得していない顔をしていた。

「それは私も気分が悪かったけど……でも色々話している内に、一色君はずっと私の事を想《おも》い続けていてくれた事がわかったから……それで『この旅行中に私に告白するつもりだった』って言うから……それならって……」

一美がガリガリと頭を掻《か》いた。

「まぁ燈子がそれでいいなら、いいんだけど」

「もちろん、一色君にはちゃんと言ったわよ。これからは明華さんにも、気を持たせるような態度はとらない事って」

「付き合うんなら当然だよな」

「でも話していて思ったんだ。一色君と私は似ているって」

「確かに、二人とも臆病で面倒臭い所はソックリ」

「そんな事は言ってないでしょ！」

　私は一美を睨《にら》みつけた。

「で、付き合う事になった訳ね？」

　そう言った一美に、私は自分の本心を口にした。

「うん。私も、一色君の事が大好きだってわかったから。誰にも渡したくないんだ」

　そんな私に一美は抱き着いて来た。

「その気持ちだよ、燈子。誰かの目を気にするより、自分の心に正直にならなきゃ。そうすれば燈子はきっと、今より自分を好きになれるよ」

　私も一美の腕にそっと触れた。

「うん、ありがとう」

　今日はきっと、いい夢を見られると思う。

十三　永遠の愛をニライカナイに誓う

カーテン越しに漏れる外の明るさに、俺は何度目か瞼《まぶた》を開いた。
枕元に置いたスマホを見ると、まだ朝の五時半だ。
(あんまりよく眠れなかったな……)
その理由は明白だ。
桜島燈子《さくらじまとうこ》さん……。
高校一年の時から憧れ続けて来た女性に、俺は昨夜ついに告白したのだ。
そして彼女も俺を受け入れてくれた。
(俺と燈子さんは、恋人同士になったんだ……)
思わず顔がニヤけてしまう。
昨夜の彼女との口づけ。
そして抱きしめたしなやかな身体《からだ》。
その感覚がハッキリ残っているのに、まるで現実ではなかったかのようにも思える。
……私が君を好きだって事……

彼女の甘く囁《ささや》く声が耳に蘇《よみがえ》る。

昨夜の事を思い出すと、とてもじゃないが眠ってなんかいられなかった。

（こんな感じで部屋に閉じこもっていても仕方がない。外に出て頭を冷やして来よう）

隣のベッドを見ると、石田《いしだ》が大の字になって寝ている。

起こしては悪いので俺は静かに着替えると、自分のスマホとボディバッグだけ持って寝室からリビングに出た。

このヴィラの寝室は一階に一部屋、二階に二部屋ある。

俺と石田が一階の寝室で、女子四人が二階の寝室だ。

リビングはそのままテラスに繫《つな》がっていて、そこもガーデン・リビングとなっている。

俺はリビングの掃き出し窓から外に出た。

朝の涼しい空気が気持ちいい。

火照った頭も少しはスッキリしたようだ。

俺はボディバッグを開けて、中にあるラッピングされた箱を取り出した。

（今日こそは、このネックレスを燈子さんに渡そう）

もう彼女は俺の恋人なのだ。プレゼントを渡す事は不自然ではない。

誰かに遠慮する必要はないんだ！

そう思いながら、テラスのフェンスに手をついた。

このテラスは東を向いている。既に東の空は明るくなっていた。

「一色君《いっしき》？」

背後からそう声を掛けられた。

振り返ると、燈子さんがリビングの窓の所に立っている。

俺はなぜか咄嗟《とっさ》にプレゼントを隠してしまった。

「おはようございます、燈子さん」

「おはよう、一色君」

「減点一でしたよね、ソレ」

すると燈子さんは少し恥ずかしそうに言い直した。

「おはよう、優《ゆう》くん」

そうして彼女もテラスに出て来る。

「まだちょっとこの言い方に慣れないな」

「俺もです。だけど意識して『燈子さん』って呼ぶようにしています」

「それに『優くん』だと、カレンさんと被《かぶ》っているみたいで、ちょっとなぁ」

「じゃあ他の呼び方を考えますか？」

「優ちゃん……はどうかな？」

「え～、それは子供に対する呼び方ですよね」

「じゃあ苗字《みょうじ》の方を取って『イチくん』とか？」

「それも小学校の友達が使ってたんですよね。それに名前呼びの方が親しい気がして」

「そっか、じゃあやっぱり『優くん』しかないか」

「そうですね。それにカレンが『優くん』って呼ぶのは人目のある所だけです。ブリッ子キャラでそう呼んでいるんです。俺しかいないと『アンタ』呼ばわりですから」

「カレンさんらしいわね」

燈子さんは穏やかに笑った。

「優くんは、朝はこんなに早いの？」

「いや、いつもはもっとゆっくり寝ているんですが……昨夜は眠れなくって……」

俺は無意識に頭の後ろを掻いていた。

「興奮しちゃって……」

するとと燈子さんも恥ずかしそうに、そして嬉《うれ》しそうに笑った。

「一緒だね。実は私もなんだ。昨夜は眠れなかった」

燈子さんが自然に俺の手を握る。そして俺を見つめた。

「やっと……なんだなって思って」

俺も燈子さんを見つめる。

二人はしばらくそのままだった。

そして俺が顔を近づけると、燈子さんはそっと右手で俺の胸を押さえた。

「海に行ってみない？」

俺は先ほどまで見ていた、テラスの外に目を向けた。

芝生の庭が広がっていて、その向こうに散歩にちょうどいい林、さらにその向こうは海岸のはずだ。

「そうですね。行ってみましょう」


林を抜けて海岸に出る。

東の空はオレンジ色に明るく輝いていた。

沖縄本島が黒いシルエットに見える。

「海からの風が気持ちいいわね」

燈子さんはそう言いながら、風に吹かれる長い髪を片手で押さえた。

「そうですね、このくらいの風の強さが、涼しくって頭を冷やすにはちょうどいいです」

「あら、頭を冷やすってどういう意味？」

燈子さんがイタズラっぽく俺を見る。

「いや、その……」

不意をつかれたその質問に戸惑う。

「昨夜は燈子さんの事ばかり考えていて、ほとんど眠れなかったから……」

「まさかエッチな事を考えていたんじゃないでしょうね？」

彼女が軽く俺を睨む。

「そ、そんな事は、か、考えてません！」

「本当に？　ちょっとも考えなかった？」

燈子さんがじぃ～っと俺を見ている。

その目に見られていると、嘘《うそ》はつけない気がした。

「本当は……ちょっとは考えちゃいました……」

燈子さんはしばらく俺を見ていたが、ふっと表情を和らげた。

「ま、いいか。恋人になったんだもん。少しくらいは考えたって」

ホッとしたのも束《つか》の間《ま》、すぐに次の言葉が飛んで来た。

「その代わり、他の女の子でエッチな事を考えちゃダメだからね。私だけにして」

「はい、わかりました。燈子さんならいいんですね？」

「あ、あんまりそればっかり考えるのも、ダメだからね」

燈子さんが慌てたように赤い顔で両手を振る。

そんな仕草もたまらなく愛《いと》おしい。

「あ、そうだ」

俺はそう言ってボディバッグを開いた。

再びプレゼントを取り出す。

「これ、遅れてしまったけど……誕生日のプレゼントです」

燈子さんは呆気《あっけ》に取られていたようだが、しばらくしておずおずと手に取る。

「すみません、誕生日に渡す事が出来なくって……」

彼女はプレゼントを胸に抱くようにした。

「ううん、仕方ないよ。一美《かずみ》に聞いたんだけど、君はあの日、私と三条さんが電話しているのを聞いたんだってね」

「……はい」

「それで優くんが誤解したのなら、私にも責任があるよね」

そう言って燈子さんはプレゼントの箱を見つめた。

「いや、俺の方こそ……」

「開けていい？」

燈子さんは俺の言葉を断ち切るように言った。

「は、はい」

彼女はラッピングを丁寧に解《ほど》くと、箱を開いて中からネックレスを取り出す。

「キレイ……ありがとう、優くん」

「気に入って貰《もら》えました？」

「うん、ちょうどティアドロップ形のネックレスが欲しいと思っていたんだ」

燈子さんは明るく笑うと、俺にネックレスを差し出した。

「ね、付けてくれる？」

俺がネックレスを受け取ると、彼女は後ろを向いて髪をかきあげた。

そのうなじとほっそりとした首が、俺をドキッとさせる。

留め具を一度外し、彼女の首に手を回して、首の後ろでネックレスを留める。

振り返った彼女が聞いた。

「どう、似合う？」

「はい、似合います。でも燈子さんならなんだって……」

そう言いかけた俺の首に、彼女はそっと両腕を回してきた。

「違うよ。君がくれた物だから、私には似合っているんだよ」

そうして、俺と燈子さんは、朝陽《あさひ》が昇る中で二度目のキスを交わした。

午前十一時には、俺たちは撮影場所である古宇利島《こうりじま》のティーヌ浜に集まった。

白いタキシードに着替えた俺は、ティーヌ浜に作られた撮影用のウェディング・ゲートを見ていた。

る。

（突貫工事で作ったのに見事なもんだな）

祭壇状のウェディング・ゲートは、ちょうどハートロックが背景に映るようになってい

「それじゃあテスト用の撮影、行きますよ」

カメラマンがそう声を掛けた。

「行きましょう。優さん」

後ろから来た明華《めいか》ちゃんが、そう言って俺の腕を取った。

彼女も白いウェデング・ドレスを着ている。

本当は、俺は明華ちゃんとのこの約束『ウェディング・ドレス姿で一緒に写真を撮る』を断るつもりだった。

昨夜ヴィラに戻った時、明華ちゃんにすぐに告げた。

「ごめん、さっきの約束だけど無かった事にして欲しい」と。

だが明華ちゃんは俺をなじる事もなく、

「そうですか、わかりました」

と一言言っただけだった。

……寂しそうな顔をして。

しかしそこにやってきた燈子さんが、

「約束は約束なんだから、それは守れば？」

と言ってくれたのだ。

「いいんですか？」

俺は不思議に思って確認する。

ついさっき「私は思っている以上に嫉妬深い」って言われたばかりだ。

そんな俺に燈子さんは笑顔で言った。

「その程度で、君の気持ちは揺らいでしまうものなの？」

……笑顔なんだけど、なんかスッゲー怖かった。

という訳で約束通り、俺と明華ちゃんはウェディング写真を撮る事になったのだが。

砂浜に立てた白いゲートの中央に、俺たち二人は立つ。

ウェディング・ドレス姿の明華ちゃんを俺は横目で見た。

(明華ちゃん、こうやって見ると本当にキレイになったな。これから大学生になったら、もっとキレイになるんだろうか？)

「それじゃあ撮りま〜す」

その掛け声で俺は正面を見る。十枚近い写真が立て続けに撮られた。

ゲートから降りた時、明華ちゃんが小声で言った。

「私にとって、これは一生の思い出になると思います。だって優さんと並んでウェディング・ドレスを着れたんだから……」

俺は何と答えていいのか解《わか》らなかった。

謝るのは違うし、何を言っても彼女を傷つける気がする。

明華ちゃんは着替えをするバスの中へ入り、俺は待機場所に戻った。

そこにはやはりウェディング・ドレス姿のカレンがいた。

「あ〜あ、明華ちゃんには可哀《かわい》そうな結末になっちゃったねぇ。誰かさんの優柔不断な態度のお陰で」

「そういうオマエは何で明華ちゃんの味方をしたんだ？　最初はいがみ合っていたよな？」

「あの別荘にいるためには、明華ちゃんとケンカしているのは得策じゃないでしょ？　だからあの子と協定を結んだって訳」

「……協定ね」

途中からカレンがやけに燈子先輩にすり寄り、明華ちゃんが俺に話しかけて来るようになった裏は、そういう話だったのか。

相変わらず自分の利益になる事には敏感なヤツだ。

「それにアタシは明華ちゃんの味方っていうより、燈子の困る顔が見たいんだよね」

「この前のミス・ミューズで、燈子さんに対する恨みは消えたんじゃなかったのか？」

「アレはアレ、コレはコレ。それと燈子に対しては恨みっていうより、単純に困らせたいって感じかな。アタシは心のどこかであの女が嫌いなんだよ、やっぱり」

「執念深いヤツだな」

「そりゃアタシの立場からすれば当然でしょ。元カレを寝取ったに等しい女だし。鴨倉《かもくら》さんに至っては、最後まで燈子を優先していたしさ。あ〜思い出したら腹立って来た」

「そういうのを逆恨みって言うんだ。オマエ、自分の事を棚に上げて、本当によく言うな？」

俺は心底から呆《あき》れてそう言った。

（もっとも俺と燈子さんは、まだ『寝て』ないんだけどな）

スタッフが先ほどの写真をチェックするのを見ながら、俺はそう思った。

「それじゃ本番撮影、一組目いきます。準備はいいですか？」

スタッフが大声を張り上げる。

既に新郎のモデルである御堂健太郎《みどうけんたろう》はカメラの前に居た。

後は新婦側の燈子さんが出てくれれば撮影開始だ。

撮影内容はこうだ。

『新郎と新婦が並んでウェディング・ゲートをくぐり、バックにハートロックを映して永遠の愛を誓う』というシナリオ。

動画とは別に、要所要所でパンフレット用の写真を撮る。

その撮影の一組目が燈子さんと御堂健太郎、二組目が俺とカレンという訳だ。

だが俺は燈子さんが他の男と「永遠の愛を誓う」という撮影にモヤモヤしていた。

もちろんただのCM用の撮影だから、そんな事に嫉妬を感じるのは馬鹿げた事だと思う。

だがどこか納得しきれない自分がいるのだ。

女性陣が着替えに使っていたバスのドアが開いた。

中から出て来たのは、白いウェディング・ドレスを身にまとった燈子さんだ。

俺は思わず息を飲んだ。

オフショルダー（肩が露出したタイプ）で大きくスカートが広がるAラインと呼ばれる白のドレス。頭部にはシルバーのティアラと、銀の星を散りばめたレースのベールがふんわりと掛けられている。

そして胸には……俺が今朝渡したティアドロップのネックレスが光っている。

俺も、そして一緒にいたカレンも言葉を失うほど、圧巻の美しさだ。

彼女が俺の横を通り過ぎる時、小さく俺にだけ解るようにニコリと微笑《ほほえ》んだ。

思わず胸の鼓動が高鳴る。

この人が他の男と愛を誓う場面など、演技でも見たくない。

「アタシ、やっぱり燈子は嫌いだわ」

そう言ったカレンだが、その声からは不思議と憎しみが感じられなかった。

「で、アンタはどうするの？」

俺はカレンの言葉の意味が解らなかった。

「どういう意味だ？」

「はぁ～、世話の焼ける……」

カレンが自分の額を押さえた。

「このまま燈子が他の男と永遠の愛を誓うのでいいのか、って聞いているのよ」

「永遠の愛って言ったって、これは撮影だろ。それに一々文句を付けても……」

「アンタって本当に女心がわかってないよね」

カレンが呆れたような目で俺を見た。

「初めて着るウェディング・ドレスなんだよ。隣に居る相手は、本当に好きな男がいいに決まっているじゃん。燈子のさっきのアンタへの視線の意味、わからなかったの？」

燈子さんは、俺にそばに居て欲しい？

「アンタだって、燈子が他の男と愛を誓うのは嫌なんでしょ？　だったら行動しなきゃ」

「……」

「アタシだってヤル気のないアンタより、イケメンのモデルと一緒の方がいいしさ」

「わかったよ」

俺はそう言うと、撮影現場の方に歩き出した。

心の中で「ありがとう、カレン」と感謝する。口には出さないが。

ビデオカメラを覗《のぞ》き込んでいるカメラマンが「桜島さん、もう少し自然に笑ってくれませんか？　笑顔が固いんですけど。それからもっと御堂さんに寄り添って」と言っているのが聞こえる。

そんな中、俺は斎藤《さいとう》ディレクターに声を掛けた。

「すみません。撮影モデルのペア、代えて貰えませんか？」

「えっ」

「燈子さんの相手は、俺にして下さい」

斎藤ディレクターは困惑したような顔をした。

「どうして君、いきなりそんな事を？」

「俺は燈子さんの彼氏です。演技とは言え、彼女が他の男性と愛を誓うなんて嫌です。だから俺を燈子さんの相手に代えて欲しいんです」

俺の強い態度に、斎藤ディレクターも困ったような顔をした。

それが周囲の人には揉《も》めているように見えたのだろう。

スタッフと共に、燈子さんと新郎役の御堂さんもやって来る。

「急にそう言われても」

「私からもお願いします！」

燈子さんがそう言って前に出た。

「さっきからカメラマンさんは『私の笑顔が固い』って言ってましたよね。私は元々こういう事は得意じゃないんです」

そうして彼女は俺を見た。

「でも彼なら、優くんが一緒なら、私も本気になれます。きっと自然な表情で演技が出来ます。彼は、私の恋人ですから」

「いいんじゃないですか、斎藤さん」

そう言ったのはモデルの御堂健太郎だ。

「彼女たちはプロじゃないんですから。演技が難しいのもわかります。だったら本当のカップルの方が自然な表情が撮れますよ。俺は誰が相手でも大丈夫ですから」

その意見にカメラマンが同意した。

「そうですね。ここで何度も撮影し直すより、本当のカップルの方が気持ちも入って、結果的にいい絵になると思いますよ」

二人にそう言われて、斎藤ディレクターも納得したようだ。

「わかった。それじゃあ一色君と桜島さんのペアで行こう。御堂くんはカレンちゃんの相手で頼むよ」

俺はホッと息を吐いた。なんか心のつかえが取れたみたいだ。

横を見ると、燈子さんが嬉《うれ》しそうに俺を見つめている。

こうして俺と燈子さんは、並んでウェディング・ゲートの前に立つ事になった。

「優くんも、意外と大胆な事をするわね。撮影の途中で、いきなり私の相手役に代えて欲しいなんて……けっこう強引」

そう言ってクスリと笑う。

「だって燈子さんが他の男と『永遠の愛を誓う』なんて、黙って見ていられませんよ。それをニライカナイの神様が本気にしたら困るじゃないですか」

「本当のニライカナイは沖縄の東方にある理想郷よ。このティーヌ浜は北向きだから大丈夫だと思うけど……」

「またそんな正論を言って……ともかく燈子さんが他の男と結婚式なんて嫌なんです」

「君もけっこう嫉妬深いんだね……でも、嬉しかったよ」

そう言って燈子さんは、俺の腕に自分の腕を絡める。

「結婚式で花嫁の私を奪ったんだから、きちんと責任取ってネ！」

「燈子さんが嫌だって言っても、責任取らせてもらいます！」

「じゃあ……」

燈子さんは俺の耳に顔を寄せた。

「本番でもよろしくネ！」

十四　エピローグ・帰りの飛行機の中で

沖縄を十九時過ぎに立つ飛行機の中。

窓際の二列シートに、一色優《いっしきゆう》と桜島燈子《さくらじまとうこ》はいた。

窓側席に燈子、通路側席に優だ。

二人は頭をくっつけ、互いに身体《からだ》を寄せ合うようにして眠っていた。

その手はしっかりと『恋人繋《つな》ぎ』で握り合っている。

その横を通りかかった石田明華《いしだめいか》は、二人の様子を見て顔をしかめる。

黙って通り過ぎるが、数列離れた自分の座席に座ると、隣席の蜜本《みつもと》カレンにさっそく不満をブチまけた。

「あの二人、もうすっかり恋人気分ですね」

「ふぉらふぉうれふぉ」

沖縄でしか販売されていない限定お菓子を口に入れたままのカレンは、意味不明な発声をする。

「ちゃんと食べてから喋《しゃべ》って下さい」

明華にそう言われて、カレンは口の中の菓子をゴクンと飲み込んだ。

「そりゃそうでしょ。あの二人は八か月近くジレジレしながら、ようやく交際までたどり着いたんだから。明華ちゃんも見たでしょ？　撮影時の二人、永遠の愛を誓った所」

カレンの言葉に明華は黙って頷《うなず》く。

そう、昨日のブライダル・フェアの撮影。

一色優は自分から桜島燈子の相手役に名乗り出た。

スタッフが止めても引かない、彼らしくない態度だった。

そして二人はウェディング・ゲートの前で、永遠の愛を誓ったのだ。

CMの撮影用とは言え、二人の愛の誓いは本物だった。

見ていた明華にも、その想《おも》いはヒシヒシと伝わって来るほど……。

その場にいた他のメンバーも同じだっただろう。

だからこそ、撮影スタッフも何も言わずに、一本撮りで一発OKを出したのだ。

「今が一番ハッピーな時なんじゃない？」

カレンはそう言って、お菓子の一つを明華に差し出す。

明華は黙ってそれを受け取った。

「もう昨日からずっと、優さんと燈子さんはビッタリ一緒にいますよね。完全に二人だけの世界に入っちゃって」

明華の言う通り、その後の優と燈子は常に一緒にいた。

最終日である今日の観光も、優と燈子、石田と一美《かずみ》、明華とカレンという組み合わせで回る事になったのだ。

「そうだね。アタシもさっきトイレに行く時に見たけど、まるで新婚旅行の帰りみたいだったね。二人からラブラブ・オーラが出まくってたもんね」

カレンは揶揄《からか》うように言ったが、明華はそれに対してポツリと口にした。

「これから先、私に挽回《ばんかい》するチャンスなんて来るのかなぁ？」

「チャンスは自分で作るもの。頑張れ、頑張れ！　この前も言ったでしょ。欲しい物は奪い取れ！　奪われたら奪い返せって」

そんなカレンを明華は呆《あき》れた目で見る。

「カレンさんのそのバイタリティだけは尊敬しますよ。ホントに。どこからそのエネルギーが来るのか？」

「怖気《おじけ》づいていたって誰も助けてくれないでしょ？　か弱い女の子のフリはしても、本当にか弱い女の子である必要はないよ。アタシは欲しい物は絶対に手に入れる主義なんだ」

「言ってる事はある意味正しいですね。やり方には賛同できませんが」

明華はそこで一度言葉を切ってカレンを見る。

「でも約束通り、優さんと燈子さんの間に入って、私が優さんと話せる時間を作ってくれた事には感謝してます」

「存分に感謝して！」

「それでも結局の所、優さんの気持ちは、私の方には向かなかったんですけどね」

「諦めるのは早いよ。アタシら三人がここに居るって、ちょっと暗示的じゃない？」

「暗示的って、どういう意味ですか？」

カレンが指を一本、二本と立てる。

「アタシがアイツの元カノ、そして燈子が今カノ」

そして三本目の指を立てて明華に向けた。

「明華ちゃんが未来のカノジョ」

明華が笑い出した。

「どこまでもポジティブですね。私もそんな風に考えられたらいいんだけど」

「明華ちゃんはまだ高校生じゃん。でも来年には大学生になるよね？　本当の勝負はそれからだと思うんだ、アタシは」

カレンは遠くを見るような目をする。

「燈子の前のカレシ、鴨倉《かもくら》さんがアタシと浮気した理由の一つは、燈子が身体を許さないから。きっとその前提は崩れてないでしょ。だから次は優が鴨倉さんの立場になる」

「まさか私に、いきなり浮気から始めろって言ってるんですか？」

明華が嫌悪を隠さない表情で言った。

「それも一つの手だって事。欲求不満の男をオトす手なんて、いくらでもあるしさ」

「私は二番目の女なんて嫌です！　優さんの本命彼女になりたいんです！」

「それもいいんじゃない。そもそもアタシは永遠の愛なんて信じてないから」

「夢がない事を言いますね」

「中国の偉い人も言っていたでしょ。『永遠の恋人はいない。あるのは永遠の利益と、一時の快楽だけだ』って」

「それ、絶対にカレンさんの創作ですよね？」

「ニャハハ」カレンが笑った後で続ける。

「でもさ、それが現実なんだよ。どんな男でも浮気心はある。だから恋人がいても、他の女が付け込むチャンスは必ずある。その結果として彼女を乗り換えるのは当然でしょ」

「優さんはそんな事ないと思いますよ」

「アイツだって一緒だよ。それにこの話は男に限ってない。女だって同じ。燈子だって、他の男に目移りする可能性はあるでしょ。『永遠の愛』なんて、ソッチの方が胡散臭《うさんくさ》いよ」

明華が疑問の目をカレンに向ける。

「カレンさんは、そこまで燈子さんが嫌いなんですか？」

「嫌い？　う〜ん、それもあるかもしれないけど、結果的に全部持って行った感じで勝者面しているのが気に入らないのかな？　いや、あの二人がワチャワチャやっているのが面白いだけか？　自分でもよくわからないんだけどね～」

カレンは自分で自分の言葉を翻した後で、なぜかニッコリ微笑《ほほえ》んだ。

「まぁ今の所は、あの二人を祝福しておくよ。優も頑張ったみたいだし」

それを聞いて明華も頷いた。

「そうですね。優さんも燈子さんも、本当に幸せそうだから……」


同じ頃、石田洋太《ようた》はすぐ後ろの席にいる一色優と桜島燈子を、伸びあがって覗《のぞ》き見《み》ていた。

「二人ともグッスリ眠っているみたいですね」

座席に座ると、小声で隣の加納《かのう》一美に様子を告げる。

「昨夜は遅くまで話していたみたいだしな」

撮影が終わった後も、彼ら六人は屋我地島《やがじしま》のヴィラに泊まらせて貰《もら》った。

最後には撮影したビデオの試写会も行われた。

斎藤《さいとう》ディレクターもスタッフも出来ばえに満足していたようだ。

試写会が終わった後も、優と燈子の二人はリビングでいつまでも話をしていた。

（楽しそうに話している二人を邪魔しては悪い）

そう思った石田も一美も、そこそこで切り上げて自分達の部屋に戻ったのだ。

一美も背もたれの横から、後ろの二人を確認するように窺《うかが》った。

「燈子と一色君も、ようやく落ち着くところに落ち着いた感じだね」

「そうっすね。ここまで長かったけど、俺の陰の努力もやっと実を結んだって感じっす」

「同じだよ、アタシも」

「面倒な友達には、お互いに苦労させられたんすね」

「そういう事になるな」

石田と一美は互いに顔を見合わせて笑った。

「そう言えば俺、ブライダル・フェアで燈子先輩の相手には、別のアイデアがあったんすよ」

「別のアイデア？」

「そう、優が相手になれなくて、燈子先輩が乗り気じゃなかった場合のとっておきがね」

「どんな相手だ？」

「一美さんっすよ」

「アタシ？」

一美が驚いたような目をして聞き返した。

「そうっす。一美さんがタキシードを着て、新郎役をやるのが一番いいんじゃないかと。

誰よりも男らしく……」

　いきなり一美が石田の頭を押さえ込み、首に腕を回した。

　そのまま両腕で絞め上げる。プロレス技のフロント・チョークだ。

「ぐえっ」

「そりゃ何か？　アタシにはウェディング・ドレスが似合わないって言いたいのか？」

「い、いいえ、そんな訳じゃ。ただスレンダーな一美さんなら、そんなのも似合うかなって
……入ってる、首、入ってるから！」

　石田が一美の腕をタップする。

「ふんっ」

　一美は一つ鼻を鳴らすと腕を解いた。

「アタシはけっこう乙女なんだぞ。言葉に気を付けろ」

「乙女はいきなりフロント・チョークなんて殺し技、使わないと思いますが」

「口は禍《わざわい》の元だぞ、石田君。さらに禍を呼びたいのか？」

「いえ、けっこうです」

　しばらく石田を睨《にら》んでいた一美だったが、ふっと表情を緩める。

「だけどアタシも二日目の夜、燈子に同じような事を言ったけどな」

「どんな事っすか？」

「『一色君に本音でぶつかってみて、それでも燈子が違うって思ったら、アタシが一緒に居てあげる』ってね」

「いま流行《はや》りの同性婚ですか？」

「それとはちょっと違うけど……燈子となら歳《とし》をとっても一緒にやって行けそうだからさ」

「そういう関係もいいかもしれないっすね」

「君と一色君は違うのか？」

「俺は普通に可愛《かわい》い女の子と結婚したいっす」

「言っておくが、アタシが結婚しないって意味じゃないからな」

「わかってます。出来なかった時の逃げ道っすよね？」

「石田君、帰ったら人気のない海に、二人だけでデートに行こうか？」

「遠慮しときます。命の危険を感じるんで」

怖い顔で睨んでいた一美だったが、やがて我慢できなくなったように笑い出した。

「まったく、君はめげない性格だよな」

「それが取り柄っす」

「めげないって言えば……」

一美が再び真面目な顔になる。

「明華ちゃんも随分と頑張っていたけど……可哀《かわい》そうな事をしたかな？」

「しかたがないと思いますよ。優にとって燈子先輩は特別な存在だったから。ただの『好き』程度じゃ敵《かな》う訳ありません」

「そうだな、あの一件で二人は、互いに無くてはならない存在になっていたんだな」

「でも燈子先輩も、何気に面倒な性格をしてそうだからなぁ」

「そうだね。優柔不断な一色君と拗《こじ》らせるタイプの燈子。これで落ち着いてくれるといいんだけど」

再び一美が、後ろの席の優と燈子を覗き見た。

石田が両腕を頭の後ろに組む。

「まだまだ波瀾《はらん》がありそうな二人ですね」

四人二組がそんな会話をしているとも知らず、優は燈子に、燈子は優に寄りかかるようにして眠っている。

二人の寝顔は幸せに満《み》ち溢《あふ》れていて、将来の不安など何も感じていないかのようだった。

あとがき

お久しぶりです、震電《しんでん》みひろです。

読者の皆様のお陰で、『かのネト』も四巻まで本になる事が出来ました。ありがとうございます、ありがとうございます！

また少々間が空いてしまいましたが、お待ち頂けた点にも深く感謝しております。

元々『かのネト』は（私の中では）三部構成だったので続巻が決まった時、「三巻くらいまで出せたらいいなぁ」と思っていました。

それが四巻まで本になったという事は、ひとえに読者の皆様の応援のお陰です。

（ちなみにストーリー自体は、最初の構想とはだいぶ違っています！（笑））

今回のお話、燈子《とうこ》の過去と優《ゆう》と付き合うようになるまででしたが、楽しんで頂けたでしょうか？

この燈子の過去については、カクヨム版で書き始める前からの設定なんです。

カクヨム版でも「どうして燈子ほどの女性が、鴨倉《かもくら》のようなチャラ男に捕まったの？」という疑問のコメントをいくつか頂いていました。

おそらく書籍版でも同じ疑問を持たれた方は、少なからずいらしたと思います。

私の中では「いや、燈子には燈子の事情があったから！　つい『自分には彼氏がいる』って言っちゃうような出来事があったから！」と言いたい気持ちが、ずっと渦巻いていました。

今回の物語は、どこで発表しようかとウズウズしていた部分であります。

そして『かのネト』の続巻が決まった時、物語が一区切りつく『優と燈子が付き合うタイミング』こそ、公開するにピッタリだと狙い定めていた次第です。

それをやっと吐き出せたという感じです。

（胸の中のつかえが取れて、ホッとした思いです）

と・こ・ろ・が……。

書き始めて苦労した点が『優と燈子の関係』です。

一巻が完了した時点で、二人の関係が『完璧先輩女子と、それに憧れている後輩男子』という形で固まりすぎていたんです。

ここからどうやれば恋人関係に持ち込めるか、という点でかなり悩みました。あまりに二人のイメージが私の中で固まっていて、恋人に至る道筋が見えなかったのです。

何しろ二人の関係は『浮気した恋人へのリベンジ』から始まっているので。

こうして二巻で「優に片思いしている明華《めいか》」が出て来て、さらに二人の関係が近づくイベントとして三巻のミスコンの話があり、ようやくここまでたどり着いた感じです。

（実はミスコンの設定は、当初は別の目的で使う予定でした）

作中でも燈子が口にしていますが、明華の存在は『過去の燈子』との対比です。燈子自身も過去の自分の気持ちと折り合いをつける必要があると考え、明華を登場させました。（もう一人別に、燈子の弱い部分の比喩的なキャラを考えていたのですが）

優は優で最初から燈子にベクトル向きまくりでありながら、どうしても一歩を踏み出せない方向に言動がいってしまい……かと言って急に強引に押せば、燈子の性格からすると拒絶されそうな感じがして、作者としても頭を抱える所でした。

「自分の作品でありながら、登場人物ってこんなに思い通りにならないんだな」って実感した次第です。

（そこがまた小説を書いていて、楽しい所でもあるのですが）

ちなみに物語の中で予想外の活躍を見せてくれたのが、三巻でも活躍したカレンです。元々は『主人公である優の敵役』だったのですが、イラストの可愛《かわい》さで『優の悪《あ》しき女友達』として復活させた事は、三巻のあとがきでも記した通りです。

当初の想定（元々最後まで登場させるつもりでしたが、もっと徹底的な悪役の予定だった）とは違うので「動かしにくいキャラかな」と思っていたのですが、物語を予想以上に転がしてくれました。カレンの絡む話は不思議なくらい書きやすかったです。

こうして頭の中で話を何度も書き直し（いや七転八倒って感じかも）、やっと完成したのが本作です。最初の想定とはだいぶ違うストーリーとなりましたが、それだけ面白い話になってくれたはずと信じております！

最後に、いつも案出しに長い時間かけて力を貸して頂く担当編集の中田《なかだ》様、今回も素晴らしい表紙と口絵を描いて頂いた加川《かがわ》先生、原作の雰囲気を大切にして頂きながら、コミカライズならではの面白さで最後まで描いて頂いた宝乃《たからの》先生、ありがとうございます。

正直、コミカライズを読んでイメージが膨らんだ部分も多々ありました。

そして毎回の事ですが、今回も本書を手にして頂いた読者の皆様に、厚く御礼を申し上げます。読者の皆様の応援なくして、この物語の書籍化はあり得ませんでした。

またお会いできることを、強く願っております。

彼女《かのじょ》が先輩《せんぱい》にNTR《ねとら》れたので、先輩《せんぱい》の彼女《かのじょ》をNTR《ねとり》ます4

著　震電《しんでん》みひろ

角川スニーカー文庫　23646

2023年11月１日　初版発行

発行者　山下直久

発　行　株式会社KADOKAWA
〒102-8177 東京都千代田区富士見2-13-3
電話　0570-002-301（ナビダイヤル）

印刷所　株式会社暁印刷
製本所　本間製本株式会社

◇◇◇

●お問い合わせ
https://www.kadokawa.co.jp/（「お問い合わせ」へお進みください）
※内容によっては、お答えできない場合があります。
※サポートは日本国内のみとさせていただきます。
※Japanese text only

Printed in Japan　ISBN 978-4-04-113648-5　C0193

★ご意見、ご感想をお送りください★
〒102-8177 東京都千代田区富士見 2-13-3
株式会社KADOKAWA　角川スニーカー文庫編集部気付
「震電みひろ」先生「加川壱互」先生

角川文庫発刊に際して

角川源義

第二次世界大戦の敗北は、軍事力の敗北であった以上に、私たちの若い文化力の敗退であった。私たちの文化が戦争に対して如何に無力であり、単なるあだ花に過ぎなかったかを、私たちは身を以て体験し痛感した。西洋近代文化の摂取にとって、明治以後八十年の歳月は決して短かすぎたとは言えない。にもかかわらず、近代文化の伝統を確立し、自由な批判と柔軟な良識に富む文化層として自らを形成することに私たちは失敗して来た。そしてこれは、各層への文化の普及滲透を任務とする出版人の責任でもあった。

一九四五年以来、私たちは再び振出しに戻り、第一歩から踏み出すことを余儀なくされた。これは大きな不幸ではあるが、反面、これまでの混沌・未熟・歪曲の中にあった我が国の文化に秩序と確たる基礎を齎らすためには絶好の機会でもある。角川書店は、このような祖国の文化的危機にあたり、微力をも顧みず再建の礎石たるべき抱負と決意とをもって出発したが、ここに創立以来の念願を果すべく角川文庫を発刊する。これまで刊行されたあらゆる全集叢書文庫類の長所と短所とを検討し、古今東西の不朽の典籍を、良心的編集のもとに、廉価に、そして書架にふさわしい美本として、多くのひとびとに提供しようとする。しかし私たちは徒らに百科全書的な知識のジレッタントを作ることを目的とせず、あくまで祖国の文化に秩序と再建への道を示し、この文庫を角川書店の栄ある事業として、今後永久に継続発展せしめ、学芸と教養との殿堂として大成せんことを期したい。多くの読書子の愛情ある忠言と支持とによって、この希望と抱負とを完遂せしめられんことを願う。

一九四九年五月三日

きみの紡ぐ物語で
世界を変えよう。
第30回
スニーカー大賞
作品募集中!
大賞 300万円
+コミカライズ確約
金賞 100万円
銀賞 50万円
特別賞 10万円
締切必達!
前期締切
2024年3月末日
後期締切
2024年9月末日
詳細は
ザスニWEBへ
https://kdq.jp/s-award
イラスト/カカオ・ランタン